哈佛经典
名家讲座

Harvard Classics

文学为何如此美妙

【美】查尔斯·艾略特（Charles W.Eliot）/ 主编

刘庆国　宿哲骞 / 译

中华工商联合出版社

图书在版编目（CIP）数据

文学为何如此美妙/（美）查尔斯·艾略特主编；
刘庆国，宿哲骞译. --北京：中华工商联合出版社，
2018.1

ISBN 978-7-5158-2165-8

Ⅰ．①文… Ⅱ．①查… ②刘… ③宿… Ⅲ．①世界文
学－文学欣赏 Ⅳ．①I106

中国版本图书馆 CIP 数据核字（2017）第 314278 号

文学为何如此美妙

主　　编：（美）查尔斯·艾略特（Charles W. Eliot）
译　　者：刘庆国　宿哲骞
出 品 人：徐　潜
策划编辑：魏鸿鸣
责任编辑：林　立　崔红亮
封面设计：周　源
责任审读：魏鸿鸣
责任印制：迈致红
出版发行：中华工商联合出版社有限责任公司
印　　刷：天津旭丰源印刷有限公司
版　　次：2018 年 1 月第 1 版
印　　次：2023 年 4 月第 4 次印刷
开　　本：710mm×1020mm　1/16
字　　数：88 千字
印　　张：10.5
书　　号：ISBN 978-7-5158-2165-8
定　　价：39.80元

服务热线：010－58301130
销售热线：010－58302813
地址邮编：北京市西城区西环广场 A 座
　　　　　19－20 层，100044
http://www.chgslcbs.cn
E-mail：cicap1202@sina.com（营销中心）
E-mail：gslzbs@sina.com（总编室）

向经典致敬

《哈佛经典》代前言

　　这里向各位书友推介的是被中国现代新文化运动先驱者的胡适先生称为"奇书"的《哈佛经典》。这是一套集文史哲和宗教、文化于一体的大型丛书，共 50 册。这次出版，我们选择了其中的《名家（前言）序言》《名家讲座》《英美名家随笔》《文学与哲学名家随笔》《美国历史文献》，这些经典散文堪称是经人类历史大浪淘沙而留存下来的文化真金，每一篇都闪烁着人类理性和智慧的光辉。有人说，先有哈佛后有美国。因为在建校 370 多年的历史中，哈佛培养出 7 位美国总统，40 多位诺贝尔奖得主，政界、商界、科技、文艺领域的精英不计其数。但有一点，他们都是铭记着"与柏拉图为友、与亚里士多德为友、更与真理为友"的校训成长、成功的。正像《哈佛经典》的主编，该校第二任校长查尔斯·艾略特所言："我选编《哈佛经典》，旨在为认真、执着的读者提供文学养分，他们将可以从中大致了解从古代直至十九世纪以来观察、记录、发明以及想象的进程，作为一个二十世纪的文化人，他不仅理所当然地要有开明的理念或思维方法，而且还必须拥有一座人类从荒蛮发展为文明进程中所积累起来的、有文字记载的关于发现、经历，以及思索的宝藏。"这些文字是真正的人类思想的富矿，是取之不尽用之不竭的智慧宝藏，具有永恒的文化魅力。

从文献价值上看，它从最古老的宗教典籍到西方和东方历史文献都有着独到的选择，既关注到不同文明的起源，又绵延达三个世纪之久，尤其是对美国现代文明的展示，有着深刻的寓意。

从思想传播上看，《哈佛经典》所关注到的，其地域的广度、历史的纵深、文化的代表性都体现了人类在当时特定历史条件下所能达到的思想巅峰，并用那些伟大的作品揭示出当时人类进步和文明的实际高度。

从艺术修养的价值来看，《哈佛经典》涵盖了历史、哲学、宗教论著和诗歌、传记、戏剧散文等文学样式，甚至随笔和讲演录也是超一流的，它们都是那个时代精品中的精品。

《哈佛经典》第19卷《浮士德》中有这样一句名言，"理论是苍白的，只有生命之树常青"。让我们摒弃说教，快一点地走进《哈佛经典》，尽情地享受大师给我们带来的智慧的快乐，真理的快乐。

目 录

随笔与批评

诗 歌

poetry

诗歌总论

卡尔顿·诺伊斯①

人的内心总是会憧憬着另一个比现在所认识的这个世界更加美好的世界。任何一个人，不论他的精神世界多么黑暗，不论他多么孤陋寡闻，都或多或少会向往更广阔的地平线和更纯净的天空。在某一个幸运的时刻，地球好像为所有人创造了更远大的前景。然而当这一刻过去之后，世界再一次关闭，和从前一样实际、毫无保留而冷漠。但是，有些人被赋予了丰富的想象力，那是一种更锐利、更长久的观察力。世界给他们的心灵提供了一片更为广阔的前景。地球为他们穿上了美丽的外衣，无声的状态正诉说着存在，生活的奥秘展现着自己的意义。对于他们来说，足可捕捉那灵光闪现的瞬间，但对于大多数人来说，这一刻却是转瞬即逝；而且，他们被进一步赋予了造型的力量，可以用持久的形式重现那个瞬间。凡是拥有丰富想象力的人，大多数都是预言家，是先知；这些重现启示的

① 卡尔顿·诺伊斯（1872—1950 年），美国作家和学者。担任哈佛大学英文讲师和副教授。主要作品有《艺术的乐趣》《欣赏之门》《走近沃尔特·惠特曼》等。

创造者，可谓是艺术家和诗人。

我们每个人都在寻找和追求着什么，诗人已经找到。我们要迈步时，却对方向感到茫然，而诗歌具有跨越性。在我们长年积累的经验中，并不是没有发现世界的美，也并不是没有感知到事物在某个地方呈现出的意义。诗对这种美和这种意义做了丰富和形象的揭示。诗人让我们看到这个我们已经有粗浅认识的世界的另一面，虽然它是一个被美化了的世界。诗人从我们所有人都可以使用、但有些异乎寻常的积累中提取他所需的东西。诗人的视觉更清晰、更具洞察力，可以把事实美化，能展现那些未知的美。诗人对这种美的清新观察，激活了他身上那种惊奇的、快乐的情绪，并使他将其表达出来。在这种重新组合中认识这个世界，诗人从公共积累的经验中选择那些具有情感色彩的形象。诗人用语言造塑这些形象，用独特的方式创造出他所看到的美，并透过外表赋予其更为深远的意义。正因为他能比别人看得更远，感受得更强烈，所以他才是个诗人。另外，正因为他有能力用震撼人心的文字来表达自己的体验，而这些文字可以在我们的心底激起想象和意义。于是，诗人创造出了人们想象中的美好的世界。借助诗人的艺术，我们永远拥有了这个世界，如果这是诗歌的职责和任务的话，那么我们完全可以发出这样的疑问：它到底从什么地方得到灵感？借助什么达到高远的目标？

叙事诗的起源与流变

一个民族的古老诗歌都是以一个故事为蓝本而创作的。孩子们大都喜欢听故事，由于小小的心灵总是通过虚构一个不存在的世界，来找到安慰，逃离他还理解不了的现实世界。而年轻人的想象力，还没有被世俗的现实所纷扰，所以对现实的束缚还不认同。精神是人类童年时期的客观对象，他们总是为自己的内在生命所感动。自然力量可以随意影响人的命运。一个比其他人更狡诈、更有能力的人，成了英雄或被神化，久而久之便成了传说。一个孩子就是用这种方式赋予他小小世界里的寻常事物以勃勃生机，它们有各自不同的命运，和他那活跃且富于幻想的目的相适应。他把自己也安排进游戏中充当角色，上演不同的故事，这些故事就是孩子们围绕这些角色编织起来的。孩提时代的想象力是有情节的，一般是人们以往的行为和讲过的故事——众神和英雄的奇幻冒险，王子和少女，骑士和被俘的贵妇，神仙和精灵混乱纠缠的命运。神话就这样在无拘无束的想象中诞生了。

人类对故事的热情从未有过半分的消减。在每一个国家和民族中，在整个漫长的历史中，诗歌对生活中所有可以想象得到的事物都充满浓厚的兴趣。然而诗歌的小溪来源于众多源流，在自己淌过的河道里呈现出不同的颜色和形态。从《伊利亚特》到《伊诺克·雅顿》，主题和形式，都经历了诸多深刻的变化。这种趋势，如同各民族发展自己的艺术和文化，也是从一般到优秀；从整个民族的利益，到个体的私事。从整个民族激昂和奋斗的表达中，个体艺术家或诗人逐渐发展出来。

原始诗歌的特征

在更久远的年代，所有人都在一起劳作和休息。部落的单个成员或个体公民都融入在部落或城邦的统一体中。他的福祉取决于群体的福祉，他的利益与整个社群的生活不可分割。这一事实可以对任何民族早期诗歌的范围和特性做出解释。所有民族都有它们自己独特的开始，它们广泛地分布在不同的时期。因此，"早期"这个提法有相对性。早期诗歌的典范，有《伊利亚特》和《奥德赛》——虽然它们代表的是一个时代的巅峰而不是开始，但是比较早；此外还有英格兰的传统歌谣。从时间上来看，这两个实例彼此相隔了差不多2000年，然而作为早期诗歌，都有一个相同的特征：这些作品都不属于任何个人。像这样的诗歌不是被创作出来的，而是自然产生的，它是群体生活中一种自然而然的表达。整个民族共同关心的一个事件，涉及所有人命运的一个形式，为故事提供了原因和契机。一定会有一个人，无论是谁，甚至是无名无姓的，会给它开一个头。于是故事被不断地讲述：从不同人的嘴里被一次次地演化。最后，又是一个人，无名无姓的一个人，确定了它的形式。于是，诗歌就这样被记载、保存下来。然而它依旧是一个民族的诗歌，不属于任何单独的一个人。

这样的诗歌通常有某些特征，可以证明它是大众的或是民族的。像《伊利亚特》和《贝奥武甫》这些范围更大的诗篇，通常来处理宏大的情节。诗歌颂扬的是宗族或种族共同拥有的英雄，或者是国王，或者是孔武有力或骁勇之人，并在民族的传说中广为人知。而众神也没有被忘记，他们在故事中一般扮演占支配地位的角色。同样，在口耳相传的民谣中，故事中的人物，虽然出身卑微，却产生了传奇般的魅力，从而成为颇具代表性的人物，而且通常在故事发展中非常重要。这类诗歌被民族的宗教信仰，或者被有关事物的性质和意义的模糊问答所刻画，并被赋予色彩。它通过这种类型的人物，开始丰富生动起来，通过他们的所作所为和他们所感受到的激情，使得诗歌成了全民族想象的最美好生活的反映和表现。它是一个民族对自己的解释与述说。

除了有韵文的形式以外，这些故事还具有使得它们成为诗歌的一个特征：它们追求与怀念的那个世界被美化了。它们的产生，是为了迎合人们对故事的喜爱，但它们所表现的情节，并非日常的细小事务，而是被提高被美化的，蕴含着所谓的"浪漫的魅力"。自由的想象在驰骋，为的是创建一个更美好、更深刻的世界。它们描绘的故事属于久远的过去，那是一个快乐幸福的黄金时代。它们认为，这才是世界的真正面目，要是现在和从前一样，或者能够重返过去，那是多么美好的事啊！放下不切实际的渴望，隔着遥远的距离，遥望那些已经离我们而去的清新的晨光，远古时代的人们被英雄的模型所刻画。他们的贤德、他们的热情，以及他们的弱点，都比普通人更加尊贵。他们身处的那个世界，是一个更明朗的地方，可以呼吸更自由的空气。这种对事物的美化，使之变得光明、猛烈、富有更深远的意义，这就是诗歌的精神所在。

个人主义的发展

随着文明的发展，个体开始渐渐地从其所在的群体中显现出来。群体通过共同努力创造了生活的艺术，通过努力使得文化更加丰富了。随后，一种新的发展趋势出现了，即：各种各样的分工越来越倾向于分配给部族中的个体。终于有一天，出现了一个有着歌唱天赋的人。因为他意识到如今自己是一个独立的个体，他运用父辈们曾经讲过的故事，用线把这些古老的传说串联起来，又把它们组成新的图画。像早期的诗歌一样，来表达集体理想，此时的诗歌由个体创作者在自己特殊的环境中酝酿而成，赋予了浓厚的个人情感色彩，并反映了他自己眼中的那个世界。如此，诗歌成了他对个人生活的反映。

于是，叙事诗产生了一种新的精神。它的自发性、非个人性和客观性变得越来越少，它越来越多地向一种刻意而自发的艺术方向发展，诗人的自我感觉决定主题和表现形式。他选取素材的范围离他的生活越近，他笔下的人物就更贴近日常生活，更具有感染力。支撑情节的人物更恰当、更准确地表达了诗人的想法与感受。他之所以选择描绘这些人物，是因为他们具体地展现和说明了他对某个耐人寻味的场景所形成的想法。乔叟的《坎特伯雷故事集》记述神话中的英雄贝奥武甫，以及他与海怪格伦德尔战斗的故事。在这些故事中，诗人网罗了形形色色的人，高贵的、低贱的、僧侣、俗人等，都是以一种幽默且忠实的态度从生活当中提炼出来的。他们讲述在朝圣途中的所见所闻，每个人都有鲜明的个性。谈到诗歌的这种新走向，最典型的要数修女讲的关于牧师的故事：

> 从前有个穷寡妇，青春不再，已过中年，
> 住在一间狭小的草屋里，
> 坐落于溪谷中，依傍在森林旁。

故事的主人公竟然是一只公鸡，名叫"乔恩特克里尔"！这只公鸡摆出一副很有学问的姿态来讲述他的梦，为了表现权威性，他还借用了一些古代伟人的名字。然而他还是无法逃脱无情的厄运（由"狐狸拉塞尔"来表现），而仓院内的居民们则为他的悲剧而齐声吟唱。从他模拟的豪迈的角度来看，这首诗是在讽刺浪漫史诗的那种宏伟叙事方式。不过，它所提示的远不止是这些形式上的诙谐，诗中反映了乔叟对生活的批判，虽然有些尖锐，但实际上是很友善的，令人十分享受这种与诗人个性的亲密接触。自觉艺术的所有叙事诗

都是这样的，不管是《仙后》《失乐园》，是济慈的《恩底弥翁》，还是《伊诺克·雅顿》；不管它是描绘浪漫传奇和神话传说中的人物，还是关于上帝之路与人类之路的奇妙辩论，或者是底层小人物的悲剧，我们都清晰地看到了一个更夸张的、更鲜明的世界，它始终为诗人表达自己设想的生活方式来服务。

抒情诗的兴起

在表达方式上越来越个人化这一形式彻底改变了叙事诗的意义，同时也促使一种性质和目的都与从前不同的诗歌的产生。当个人带着明确的自我意识在人群中崭露头角的时候，他就清楚地意识到，他所面对的生活，与其他人相比，有着明显的不同。他有自己的世界，自己的激情，事件跟他自己的经验联系起来，从而具有了各自不同的意义。头顶上广阔的天空，一片蔚蓝或点缀朵朵白云。广袤的土地向各个方面延伸，无数的色彩、形态、声音和骚动，汇成一幅宏伟的画卷。在所有活力所交汇的一点上，站立着一个在思考、感知和憧憬的人。来自周围世界的所有有影响力的光芒都聚集到作为焦点的这个人的身上。在对这些冲击做出回应的时候，他意识到，在这躁动的感觉和闪光的理念之中，有一种出人意料的美的和谐，他的存在充溢着丰富情感。他的愉快、惊异、敬佩之情，在内心波涛汹涌，渴望表达。在混乱之中，他建立了一种新的秩序，得到了他所感知的形象。他以文字为媒介，将这一形象在物质形态中具体化，让它根据自己的感知成形，把它塑造得与自己的情感相契合。大自然的充沛脉动使他放声高歌，用和谐的音符表达他的观察和感受。就这样，在世界的美及其内在意义的促进之下，抒情诗从此诞生。

它不在那洒满阳光的山冈上，
也不在那光芒四射的阳光里，
既不在奔腾的浪花里，
也不在那静静的溪流里。
但有时蕴藏在人的灵魂里，
渐渐地穿越他的痛苦。
那优美朦胧的月光
洒满了他的脑海和心田。

如此，客观世界一直用美好编织着玄妙的图画，有时极为含蓄，但基于面对人类心灵的热忱探求，最后总是会坦露它们的秘密。虽然，抒情诗看上去好像是自然而然的情感表达，但往往是从面对世界的满腔喜悦中爆发出来的。

夏天来到了我们中间，
鸥鸪鸣叫，
麦田发芽，草地开花，
林木也葱郁，
鸥鸪在歌唱！

母羊在与小羊赛跑，
牝随犊奔，
牯羊在跳舞，雄鹿在欢跳，
鸥鸪在和鸣！

鸪鸟，你啼得美妙，

不要停止。

鸟呀，你婉转的歌声

将万世飘扬！①

对鸟的啼鸣，诗人做出了反应，他的喜悦、热情自然流露，并化为形象，他的音乐奏响了春天的旋律！上面这首诗是早期的一首英语抒情诗，不论是从它的精神、形式，还是从它的内容来看，它都是名不虚传的极具抒情诗性的春天的赞歌。

因为抒情诗发乎情。所以，歌唱是它感人的精神。

我吹着牧笛从山谷走来，

我吹出欢乐的乐章，

我看见云端上有一个幼童，

他笑着对我说：

"吹一曲羔羊的歌！"

我就愉快地吹了起来。

"吹笛人，请再吹一遍。"

我又吹着，幼童流下了眼泪。

"放下那欢乐的笛子，

唱起你那快乐的歌儿。"

我再唱起那支歌，

---

① 中世纪英格兰著名抒情诗，朱湘译，参见《番石榴集》，第145页，商务印书馆，1936年。

他听着，泪眼儿汪汪。

"吹笛人，把他写成一首诗，
好让大家都能看到。"
他说着就从我眼前消逝，
我拿起一根空心的芦草，

用它做成土气的一支笔，
蘸着清清的水，
写下了快乐的歌曲，
让每个小孩听出了欢乐。①

抒情诗来源于对音乐的冲动。但抒情诗那脆弱的、精美的载体，更有能力承载无穷的变化和无比丰富的内容。它可以抓住刹那间的情感，就像一缕芳香；也可以把它放到成熟的经验里。抒情诗更适合：唱出来，它是自由的，从广阔无边的天空和大地，到内心深处隐秘的角落。

抒情诗的范围

抒情诗是诗人的情感最丰富的表达，比起任何其他诗歌形式，它更能反映诗人的心境，表达他的情感程度。但它也能担负思想的重荷，唯一的条件是：应该给思想插上翅膀，让它冲破抽象的束缚，

---

① 袁可嘉译，参见《布莱克诗选》，第 37 页，人民文学出版社，1957 年。

化作充分具体的生命，并有着温暖生动、丰富多彩的形象。从最简单的意义来看，抒情诗只是一声呐喊。一份出人意料的对美的生动设想，释放了欢乐的深度之源，而情感，和着优美旋律的节拍，发展成汹涌、热情的文字。

你好啊，快乐的精灵！
你似乎没有展开翅膀，
从天堂或天堂的旁边，
以波澜起伏的乐章，
自然淳朴的艺术，倾吐你的衷肠。

向上，向高处飞翔，
从地面你一跃而上，
像一片飞翔的轻云，
掠过蔚蓝的天空，
永远歌唱着飞去，歌唱着飞去。

地平线下的太阳，
放射出金色的光芒，
晴空里霞光万丈，
你沐浴着阳光飞翔，
你是充满喜悦飞向远方的精灵。①

一只云雀在歌唱，拨动了诗人那乐于描绘和点缀性情的琴弦，

---

① 江枫译，参见《雪莱诗选》，第120页，中央编译出版社，2004年。

幻化成一支难得一听的乐曲。它让我们浮游在鸟儿的歌声之上,这就是诗歌的精神。

另一位诗人更直接地表达了这种对美的刹那感受:

> 轰响的瀑布
>
> 似激情;震荡着我的心,
>
> 高崖、峻岭和苍翠而幽深的树林,
>
> 那斑斓的色彩激起我欲望的冲动,
>
> 这是一种激情、一种仁爱,
>
> 没必要思维提供间接的魅力,
>
> 无需用双眼换来情趣。①

清晰直观的视觉可以伴随着洞察力让诗人看得更深远,感受到更多的情感,并把更丰富的蕴意倾注到他那宝贵的诗行中:

> 我学会了观察自然;
>
> 不再像粗心的年轻时那样,
>
> 我时时倾听着无声而忧郁的人性之歌。
>
> 这阴柔的歌声
>
> 却蕴藏巨大的力量,
>
> 使心灵变得如此纯洁平静。
>
> 我的内心被深深地打动,
>
> 让我感到灵魂升华的快乐;
>
> 这是种庄严感觉,

---

① 黄杲炘译,参见《华兹华斯抒情诗选》,第79~80页,上海译文出版社,2000年。

感到落日的余晖、浩瀚的海洋、清新的空气、蔚蓝的天空和人类心灵，已经深深地交融在一起；

这是一种巨大的精神动力，

激励着所有的人，

在世界一切事物中前行。①

作为诗歌，这些韵文本身并不仅是冲动的抒情。它们和庄重的音乐相类似，能使平静的心灵升华。在诗中"强烈情感的自然流露"变成了"宁静心境中的回想"。但是，它们描写，而非述说抒情的心境。它们依旧充满了情感，正是这种情感，提升和增强了构成这些诗的实际素材，因此，它们才是真正的诗歌。但是，思想的重担通常会阻碍那种感情的升华，而这种升华才是抒情的本质。

人类的精神能力制约了抒情诗的范围，它的范围与人的精神和心灵的高度与深度是相同的。一首抒情诗，就是诗人用心灵的眼睛去发现语言形象的魅力。通过创作音调和节奏，使灵魂能够歌唱，对美、奇迹和深奥的秘密所作出的某种阐释，是根据他所认识和感受到的事物对生活所做的诠释。它可以用生动的短语描绘一只蝴蝶或一个世界；它好像可以在灵光闪现的一刹那，用内涵丰富的词语揭露出生活的巨大秘密，并发现真理。抒情诗可以是一支动人心弦的歌曲；它也可以是一支有力的颂歌，解决争执，赞美万物。没有哪一种心境会抵制抒情诗，欢乐和悲伤，希望和悔恨，号啕大哭和放声大笑，全都囊括其中。它典型的格调是突出的个性。但真正的诗人往往把他在地球上所看到的属于自己的一隅美景幻化为宇宙的图画，向无边无境的远方展开，把他个人的快乐和痛苦转变为强大

---

① 黄杲炘译，参见《华兹华斯抒情诗选》，第80页。

而普遍的激情，让每个人都可以到达幸福的彼岸。

诗歌形式的要素

　　跟其他人相比，诗人更敏锐、更富有创造性，他看待生活的方式更富有激情、更具有美感。大自然通过展示斑斓的色彩和多变的姿态，令人印象深刻，他被这种展示所带来的壮丽或柔情深切感动，对塑造生动形象的世界深切感知；对人类目标和命运不断变化的意义的深刻洞察，激活了诗人深邃的思想。他的情感驱使他表达自己的认知，同时巧妙地传达思想的负荷，用语言符号组织起井然有序的画面，这一画面再现了源自外部世界的形象，但赋予它们以想象，蕴含了更深远的意义。

　　　　闪光，
　　　　从未有过的光芒，无论陆地还是海上，
　　　　那是给神的献礼，是诗人的梦想。

　　就这样，在感情的驱动下，凭借洞察力，他改变了世界和生活，这就是诗人的魅力和秘密。因此，诗歌的范畴可以扩展到整个宽广而复杂的经验世界，从中获取灵感，搜集材料。可是，生活能够用诗歌来设想，而观念却要用文字来表达。要想赋予诗歌的表达，韵律就必须贯穿整个主题，不管它披着什么样的外衣，都有强烈的情感爆发，刺激诗人用语言的画面来表达他的想法，这种词语的画面就是一首诗。

　　诗的冲动，来自想象和情感，表现为语言，然而语言是依照有节奏的律动流淌的，在它的规则中浇铸成型。就如同吟咏诗歌旋律的素材既是理性的又是感性的，这些要素同时也构成了最后的总体形式。这一形式，由词语的有节奏的律动和它们在词语画面①中的最终排列而形成，这就是诗歌。而且，这一形式既非偶然，也非随意，而是被人类心灵和精神的本性所激发的。

韵律的性质及来源

在每一首诗歌里，都有一种韵律在跃动，如同活体内奔涌着血液的一样，这种韵律就是诗歌的灵魂。实际上，韵律就是世界的心脏。白天黑夜，潮起潮落，春去秋来，我们的一呼一吸，天空中的斗转星移，都回荡着它雄壮的音乐。不论是生活中一些渺小的事务，还是地球在恒星间的运动，在这其中，韵律永远都是一项运动原则，一切连续不断的活动都自然而然地遵循这一原则。它使得运动更自如，如同劳动者——不论是铁匠的锤子在铁砧上的有节奏的敲打，还是纤夫漫长而整齐的号子。士兵迈着一致的步伐，减轻了长途跋涉的辛劳。运动有了韵律变成令人愉快的一件事，犹如轻歌曼舞。所以，对外部事物中的韵律感受，是轻松而愉悦的。所以，无论从主观方面还是客观方面来说，韵律本质上与人的精神是相协调的。

情感像宇宙的秩序一样充满了生动的韵律，只要不停止，它通常会在韵律中表达自己。对美的感悟所带来的情感，或者是深刻观察生活真理所伴随的兴奋，都使人心跳加快；这种激情迸发的状态

---

① 这种把诗歌比作一种"画面"的联想，还要感谢 J. W. 麦凯尔教授在牛津大学所作的关于诗歌的讲座。

转化为文字的表达，再现了它们那种本源的刺激性和有节奏的跳动。如此，一首诗诞生了。有些学者曾经说过，从其最初形态来看，诗歌仅仅是工作和游戏中身体运动的韵律所带来的有节奏的声音[1]。一个女人在两块石头之间碾压玉米，通过没完没了的吟唱、毫无意义的语言来保持节奏。一支古老纺纱歌谣的片段回响在奥菲莉娅不知所云的语言中："你得唱啊噢，你叫他啊噢。嘿，翻来覆去，多么协调！"[2] 一些男人高声吼唱着他们的战歌，同时踏着舞步转圈。少男少女交替吟唱一首歌谣的诗行，不断重复着叠句。整个漫长年代里诗歌的发展变化也同样适用这个原理。从早期的到最近的诗性冲动的表现中，在物体运动的本能音色中，在成熟艺术高度精练的创造中，事物核心中那深刻的音律得到了表达。

看噢，与古人一起，
人的本性之根，
纺织着歌谣
那永恒的激情。

在世界心灵的深处
坐落着它的根基，
与万物纠结在一起，
与万物孪生。

---

① 参见弗朗西斯·B. 格梅尔——"诗歌的缘起"。

② 此处为卞之琳译文，参见《莎士比亚悲剧四种》，第142页，人民文学出版社，1988年。

而且，除了向着音乐，
向着和谐的声音和韵律
无休无止地接近，

什么才是自然的本身？

端坐在宝座上的神祇
是最老的诗人：
整个宇宙都向着
他的节奏靠近。①

这就是诗歌中韵律的开始和缘由。不论诗人的心情怎么样，不论它是满腔喜悦的爆发，还是深思熟虑的宁静，他的诗行都是其情感的表达，而且这种表达可以听得到。同时，向着和谐的韵律迈进。荷马的六音步抑扬格诗行那快速而持久的音符，讲述着英雄们的所作所为；弥尔顿的五音步抑扬格诗行那肃穆典雅的行进，表达着天堂和地狱的戏剧。雪莱的云雀冲入云霄的翱翔，还有勃朗宁的疯狂骑行中沉重的蹄声。不论是向前猛冲，还是稳步行进，或是展翅高飞，诗歌的轻快节奏都传达了紧张的情绪及其内在的张力。

韵律的效果

诗歌把自己的能量传递给听者，并引起他情感的共鸣。诗歌跟

---

① 威廉·沃森。

其他各类文学有很多共性。散文能够展现得到升华的世界图景，如同在长篇小说中一样；它也能够激发行动，如同在演讲中一样。事实上，想象力丰富的文学作品，尽管其表现形式不同，但在其内部都可以有一种持久不变的因素。能够把诗歌与散文区分开来的，主要是这一因素当中明确的韵律。借助韵律，诗歌的感染力变得更直接、更强烈。心理学家会说，在我们的有机体内，"模仿活动"在运行，在我们身上唤起相应的情感。韵律还使得感知更简单，因为其本身就是一个快乐的源泉。如果控制得当，它还对强调诗行的智性内容有所帮助。诗歌形式中的韵律并不是一种机械的装置，而是内在激情的必然反映。在正常状况下，它不是一成不变的。它并不是一连串交替节拍有规律地反复出现，或者说是"单调的节奏"不断回响，而是通过重音的微妙变化，与情感的推动和词语的意义相结合，它可以在起伏的波动中展开。内在潮水的波涛汹涌，可以在舞动的波浪上停止，光与影的不断变化，在中心统一体的表面之上呈现。音节在不断变换步幅，附和着内在的规律。

> 来吧，美丽而使人心安的死亡。
> 围绕着世界如波浪一样起伏，并安详地走来，走来，
> 在白天，在黑夜，对全体，对个人，
> 轻灵的死亡迟早会来临。①

　　就这样在一首特别美丽的诗歌中穿行。音节在这里并非主角，但我们还是可以很容易地感觉到一种深长的律动紧紧抓住了我们，把我们带进了它的感情中。对这样的诗，我们心怀感激赋予诗歌

---

① 赵萝蕤译文，参见沃尔特·惠特曼《草叶集》，第580页，上海译文出版社，1991年。

之名。

但是，一首诗仅有韵律是不够的。只是不知所云地、单调地重复一些词句，并不是诗歌。重复中一定要有前进，重复一定要把自己构建成一个图案。哪怕是点滴的体会，也要真正理解，至少要有所领悟，一定要作为一个整体来理解。在外部世界的纷扰中，人的精神要追寻秩序和意义。大自然使诗人在寻找自己的韵律，这就是他的灵感。当今，诗人都设法使大自然顺从于自己的表达目的，这是他的技艺。他的性情气质在宇宙的势力范围内有所震撼；而今，他的灵魂，也就是形成他的感知和意志的控制力与组织力，进入了一个统一体。在与韵律的组合，他创造了和谐。就这样，他的诗展现了印象的全貌。他所描绘的图画是通过重复单一因素建立起来的：音步组成了诗行，诗行组合为诗节，诗节模仿一个常见的设置，逐一推进，直到最后。这里，结构也不是机械的或任意的，每一行诗的节奏都与感情的起承转合相契合，整首诗的形式是一致，符合这首诗所要表达的情感或观念。

诗中的语言

诗的载体，或者说表达方式，是语言。画家创作时使用色彩，雕塑家用形态，音乐家用音符。作为感觉，色彩、形态和音符本身是令人愉悦的，它们依据它们想要表达的对象达到的力量，进而变得更美，并且更有意义。语言也一样，其本身就具有价值。当它们被用来表达美和感情的工具时，它们便能够给一首诗的韵律添加旋律。这一般通过押韵来实现，进而达到完美和谐。除了给语言增加音乐价值之外，如果娴熟地把握押韵的话，对诗歌的内容表达，突出语言的意义也有益的。旋律因素中不太重要的成分有半谐音、头韵和音色。半谐音是音节内同一元音的重复，但跟随不同的辅音，比如"形状"和"伙伴"。头韵，结合重音，是盎格鲁—撒克逊诗歌最根本的韵文原则，如今人们冒着由于过度装饰而掩盖意义的危险来使用它。音色的旋律品质更加深奥玄妙，它是通过声调的品质及其音节的音值来表达词语的意义，比如，在"在充满芳香的昏暗中，她的头发松懈开来"这句诗中，元音音质的缓慢变化好像给形象带来一种声音上的朦胧感。这些都是诗人的全音阶中的音符，是诗歌全音阶的注释，用来加强其技艺在感官上的感染力。

然而诗歌不只是在情感和感官上的表达。依据词语这一载体，它适用于表达智性的观念——从某种程度来看，绘画、雕塑和音乐的艺术并不适合表达这样的观念。但是，在表达这些观念时，它并不是依靠抽象的词语、而是用具象的方法来增强其表现力。词语不是色彩或形态，但它们能够依靠形象来暗示色彩或形态。情感一直有一个对象，它唤起情感，表达情感。诗人用词语中的形象表达自己的感情；对于有着相似情感的其他人来说，这也是象征和默契。观念就是这样使自己变得具体、温柔而生动，激发读者的想象力，触发他们的情感。语言的这种激发想象、唤起情感的力量，正是诗人的技巧，很难对其进行分析。它依附于语言音节的声调之美，表现在语言的本身和韵律的组合中。它来自于生动的形象，源自于丰富的联想，这种联想就如同浸入肺腑的空气附着在语言的四周。

　　灿烂的星！我祈求像你那样坚定——

　　但我不愿意高悬夜空，独自辉映，

　　并且永恒地睁着眼睛，

　　像自然间耐心的、不眠的隐士，

不断望着海涛，那大地的神父，

用圣水冲洗人所卜居的岸沿。①

这种语言音乐的魅力很难说得清！它只能意会。所以，除了遣词造句的普遍意义之外，语言还有更丰富的表现力。这种意义就是诗人的创作，通过他对文字进行恰当地运用，将人们所熟悉的语言恰当地表现出来。诗人的技巧就如音乐家的谱曲。

内容与形式的统一

诗歌的形式通过它的韵律，唤醒整个生命并与之产生共鸣；通过旋律优美的音符，使读者感到快乐；它和谐优美的和声使人的心灵得到慰藉；通过文字形象唤起大脑的想象力。所以，诗歌通过事实增加了它的自身价值，以及它的感情价值。然后，形式与内容融为一体。在抒情诗中，这种融合最为紧密。我们可以体会到，用其他方式，很难达到这样的效果。诗歌的精髓和奥妙在于歌唱。

一首诗便是生命在一个瞬间化为圆满的片段。它使人的感官所唤起的印象变为美的形式，并由此幻化出一个更美好的事物。它在事物的核心捕捉有力搏动的韵律，使它们成为赏心悦目的图画；它的文字旋律唤醒了人们灵魂中所渴望的天籁之音。它用非同一般的光亮映照着生命，但它也是虚幻的，这是由于它所表现的超越了大自然的真实，了解了人们内心总是愿意相信的美好是上帝永恒的华

---

① 约翰·济慈著，查良铮译，《穆旦译文集》，第 3 卷第 415 页，人民文学出版社，2005 年。

丽服饰。诗歌其实是现实了更高，更明朗的形象。诗人会围绕生活，并很好地把握它。他既不是一个自然过程的观察者，也不是一个被动的观众，只是冷静观看人类命运的看客，他倾心他的所见所闻。就如同对一个情人。世界在他的手里生产出了诸多美好。凭借丰富的想象力、创造性的视觉力量，他从客观角度看待生命，虽然只是惊鸿一瞥。灵感幻化为完美的形象。对诗人来说，真实是作为美而展示出来的，但这种展现没有止境。所以，一切伟大的、真正的诗歌，都是灵感的呐喊。它是一个不断实现而又不断想要超越世界的梦想。用一位智者的话说："诗歌是所有知识的开始和终结——它像人的心灵一样千古不朽。"

荷马与史诗

查尔斯·伯顿·古立克[①]

史诗也可以被认为是这样一种诗歌：在这一领域，达到杰出水平的诗人非常少。荷马、维吉尔、弥尔顿，是我们尝试给这一诗歌类型下定义时闪现在脑海里的名字，然而除了这三个人以外，很难再找到一个诗人，可以成功地用庄严、宏伟和美来处理一个庞大的主题，而这些，正是英雄史诗不可或缺的东西。

这是由于我们在最初就设置的标准，当我们分析这些杰出诗人的写作手法和写作目的时，在所有人当中荷马便作为一个至高无上、独一无二的大师而凸显出来。因为，在《失乐园》中，弥尔顿过于频繁地由于神学论战而分心，偏离了诗人的真正任务；而维吉尔的《埃涅伊德》则是一个自觉时代极其深谋远虑的产物，是为了宣扬罗马帝国的伟大而有意创作出来的。

---

① 查尔斯·伯顿·古立克（1868—1962年），古典学家，哈佛大学希腊文教授。主要作品有《古希腊人的生活》（*The Life of Ancient Greeks*，1902）等。

荷马的前辈

与维吉尔相比，荷马的艺术是更天真无邪，更无刻意的作品，但如果你认为——就如同 18 世纪的人们所坚持的那样——荷马代表了人类种族的幼年时代，那就错了。清新、活泼、自觉、敏锐，他向以前的诗人学习了很多。在前辈那里，他传承了诗律、修辞和短语，而这些可以追溯到希腊人从蒙昧状态中崭露头角的最早时期。

最早的史诗，素材非常简单。最初，部落众神是人们赞扬歌颂的主角，部落首领的祖先被看作是众神之子，是从神过渡到人。而同时代的一些有卓著功绩的人还没有被人们忘记，于是，宗教赞美诗就变成了英雄赞歌。它充分表达了人们的心声和宗族的自豪感。从这个意义上看，它就是地方歌谣。它永远是天才所拥有的专利，他们的职业是一代一代传承下来的。

史诗的发展

在公元前 12 世纪，一场巨变发生了，包括迈锡尼灭亡及其文明最终瓦解。新的领土之争开始了，一些自称是亚加亚人、伊奥利亚人、爱奥尼亚人或维奥蒂亚人的，他们说希腊语这些民族大规模移民到小亚细亚的沿海地区。迁徙中的部落动荡不安，他们的战士英勇顽强，同一种族的人们在一个居民还处于蛮荒状态的边缘地区相融合，产生一种前所未有的民族自豪感，这为史诗的发展提供了有利条件。他们来自故乡的传说，开始更大范围地扩展。阿喀琉斯与赫克托耳或许是南部塞萨利与维奥蒂亚之间边境地区两个相互竞争的部落首领，在诗人的想象中变成了两位卓越的君主，他们为民族的生存而战。他们建立功勋的情景从古老的家园流传开来。移民的想象力随着他们的生活范围在新地区的扩大而不断丰富，他们的传说也逐渐涵盖更多的内容，展现出更灿烂的色彩，发出了更嘹亮的民族自强的声音。

阿伽门农在希腊大陆的权力绝不仅仅局限在迈锡尼的一座修建在阿尔戈斯的山峦之间的温暖而舒适的城堡里，他的领地通过后来的这些史诗作者们的爱国热情，已经扩大到了相当于帝国的规模。他们激起了亚该亚人与特洛伊人之间、希腊人与野蛮人之间、东部与西部之间的大对立，于是开启了希腊化的进程。

历史上的特洛伊

特洛伊的故事，尽管有神话美化的细节，却反映了历史事实——实质上反映了亚加亚移民、伊奥利亚移民与特洛伊本地居民间的冲突。《伊利亚特》是一个天才的作品，是一系列战争的结果，其中也有对历史题材的借鉴、改变和扩展。

但是它在细节上也存在着矛盾，在趣味上也时有差错。"就连了不起的荷马也不免会打盹"，贺拉斯这样说道。然而，虽然他会打盹，但他从不呼呼大睡。

比起《伊利亚特》最终成型的时期，《奥德赛》的成书时间大概稍晚一些。奥德修斯的漫游展现了亚加亚人后代的新体验，他们的祖先曾在亚洲那些动人心魄的战斗中获得了胜利，现在他们驶过地中海，准备与腓尼基商人进行竞争。《奥德赛》以《伊利亚特》中的那些事件为蓝本，与《伊利亚特》不同，它不是一个战争的具体故事，而是围绕着一位勇敢的战士展开的冒险故事。

它构建了一个神奇美妙的新世界，其中包含着不可捉摸的逃亡、海难及狂风巨浪的恐怖力量，怪兽、女巫和巨人，以及海盗，其实是对荒漠之地、天涯海角和地下世界的探险。它塑造了诸如辛巴达这类冒险家的原型，是格列佛和吹牛大王的前辈。它给后来的诗歌提供了食莲族和塞壬海妖这样的素材，给语言提供了海上女妖斯库拉和卡律布迪斯的谚语，它以具于吸引力的人物形象使现在的儿童文学作品更加五彩缤纷。作为对主人公的颠沛流离和坎坷经历的安慰，它描绘了田园生活的美好，展现了一位女人忠贞的高贵形象。

《奥德赛》的结构

《奥德赛》的戏剧结构一直被人们称赞。主人公的姗姗来迟，目的是情节发展的需要，从而引出他可爱的儿子忒勒马科斯，其中还有一些读者在《伊利亚特》里熟悉的人物。紧接着，我们来到卡吕普索的小岛，发现奥德修斯被监禁在那里。然后是离去、波塞冬的愤怒、海难，以及在费阿刻斯人的土地上获救。剧情推移到费阿刻斯人的国王阿尔喀诺俄斯那金碧辉煌的宫廷，在国王面前，奥德修斯讲述了他在到达卡吕普索的小岛之前所经历的冒险。在费阿刻斯岛，奥德修斯遇见了瑙西卡——希腊文学中最动人、最光彩的少女形象。荷马与维吉尔之间的不同，在于瑙西卡的离别之言与狄多在埃涅阿斯离开她时的情感渲泄。《奥德赛》中的这一部分也十分有趣，对诗人德摩多克斯用来表现史诗歌谣的传统和方法很重要。

故事的后半部分是从费阿刻斯人把奥德修斯带回家开始的。他乔装成一个乞丐，经过了接连不断的险遇，运用了戏剧的手法，后来在希腊的戏剧舞台上表演得非常出色。他向忒勒马科斯坦白了自己的秘密。不久，他的老狗阿尔戈斯在一个极其悲伤的场景中认出了他。最后，在经受了多重考验后杀死了众多求婚者，丈夫向妻子和年迈的父亲介绍了自己。故事有大量重复的情节，说明史诗诗人很喜欢他的故事，他们的读者也很渴望让故事延续下去。

荷马史诗的原作者

希腊人喜欢讲述他们伟大人物的生平细节，可是他们却不能提供一个真实的荷马。关于荷马的生平事迹的传说少之又少，甚至彻底被亚历山大城的学者们所忽略。今天在希腊和马其顿的乡村通俗歌手的作品中，他的失明经常被提及。在那不勒斯博物馆里有一尊广为人知的半身雕像，这一特征被完美地刻画出来。现在有七座城市都宣称是荷马的诞生地，它们多数在小亚细亚的海岸或邻近岛屿——这一事实对以前诗歌中所记载的信息是有力证据，那就是它们最终的创作者应该是爱奥尼亚的希腊人。早在游吟诗人把它们带到大陆之前，这些诗歌就已经在小亚细亚海岸流行了若干年。我们不了解，它们最初在何时成为文字。虽然希腊人早在公元前9世纪就学会了书写，它在这些诗歌的早期传播中并没有占据举足轻重的位置，只是在暴君庇西特拉图统治雅典时期，也就是在公元前6世纪，它们才被整理出来，并用我们今天所看到的形式明确地记录下来。因此，这些诗歌其实是得益于雅典人保护的，公元前6至前3世纪，雅典人一直是文化的领导者，后来又得到了亚历山大人的庇护，他们拿出了带有注释的详尽版本，它们分为若干"卷"，每卷二十四首，这就是我们今天看到的样子。

中世纪的西方世界常常借助于罗马版本的特洛伊的故事，然而随着学术的发展，荷马几乎是一步登上了古人之首的宝座，从那以后，他就得到了所有有文化的人们的青睐。

但 丁

查尔斯·霍尔·格兰金特①

　　但丁（1265—1321年），被称为中世纪伟大诗人的杰出代表，这是公正的。在他的身上完整地体现着中世纪的精神，古往今来，除了但丁我们还没有发现一个人像他这样能如此全面地反映一个伟大时代的精神。那是一个强有力的缔造者和神学家辈出的时代，是宗教势力如鱼得水的时代，是坚定、好战的时代——是产生大教堂和《神学大全》的时代，是十字军东征的时代，是圣伯纳德的时代，是圣方济各的时代。从本质上讲，但丁是上帝的一位诗人，以至于人们经常把"Divine"（神的）这个词语跟他所著的神曲联系在一起。他的建筑天才是显而易见，以至于人们自然而然地把他的诗歌与一座巨大的哥特式教堂进行比较。永远活在他的文字中的一系列人物代表了从市民到教皇等所有类型的同时代人，人物的多样化并没有

---

　　①　查尔斯·霍尔·格兰金特（1862—1939年），语言学家，1896—1932年担任哈佛大学罗曼语教授。主要作品有《但丁》（*Dante*，1916）、《但丁的力量》（*The Power of Dante*，1918）和《从拉丁语到意大利语》（*From Latin to Italian*，1927）等。

掩盖他的设计图的对称轮廓——这一设计非常庞大，几乎包含了世俗科学和宗教科学中所有重要的内容。

《神曲》的设计图

《神曲》共三卷，数百章，讲述了一个灵魂从罪孽开始，通过悔恨、思考和惩罚，直到进入一种纯洁状态，便可以见到上帝。迷失于邪恶中的诗人突然恢复了理性，他尝试着摆脱邪恶，但无济于事。理性在神恩的召唤下，一步一步引导他完全看清了邪恶，认识到了他的所有丑陋和愚蠢，最终远离了邪恶。他接下来的任务就是要通过忏悔，把自己的灵魂变得纯洁，直至慢慢达到清白。后来，他得到了神启，不断向上提升自己，越来越高，直到造物主的面前。所有这些情节，都是用寓言故事的方式表现出来的，情节的发展是在维吉尔的指引下进行旅行：穿过"地狱"，上至"炼狱"孤寂荒芜的大山，来到伊甸园，再从那里到达旋转的星球，最后进入"天堂"。

中世纪的世界观

在我们眼中，中世纪的宇宙好像非常小。……我们的这颗星球，一个实心的、静止的，被气和火包围着，是物质世界的中心。围绕地球，不停的九重天旋转着，它们是透明的壳一样的空心球，承载着太阳、月亮、行星和恒星，它们共同构成了"自然"的力量。在这个圆形的宇宙之外，是纯洁灵魂的天堂，是上帝、天使和被赐福者的幸福乐园。天使作为上帝的使者，管理着天体的运行，因而塑造了所存在的物和人。地球表面有一半以上的地方是水，而在它的另一面是三叶草形状的欧洲、亚洲和非洲大陆，两股力量统治着基督教世界，一是精神的，二是世俗的，二者都听命于上帝，这两股力量就是教皇和皇帝，分别是基督和恺撒建立。各自的野心使他们陷入相互的争端。

我们对古代历史，对古典文学和艺术的一切财富知之甚少，而且只有为数不多的作品被翻译成现代的语言；由于历史感发展不足，这些对我们现代人来说这是非常珍贵的。在中世纪人的观念中，所罗门、亚历山大、恺撒、查理曼大帝在某种程度上是一样的。异教罗马的作家当中，最引人注目的幸存者有维吉尔、奥维德、卢坎、斯塔提乌斯、西塞罗和李维。此外，还可以算上基督徒波伊提乌和圣奥古斯丁，还有后来的学者和神学家。希腊语早已失传，然而，亚里士多德披着拉丁文的外衣，在 13 世纪开始主导欧洲人的思想，柏拉图主义对大概八百年前圣奥古斯丁学说的形成影响巨大。

但丁掌握了他那个时代的诸多学问——大阿尔伯特的科学，亚里士多德的哲学，圣托马斯·阿奎那的神学，还有残存的拉丁文学的碎片。在这一方面我们找到了许多例证，不但在《神曲》中，还有在他未完成的作品《飨宴》里，后者是一部近似于百科全书，以作者的某些诗歌的注释为表现形式。

他的拉丁文写作很流畅，生动活泼，除了他的书信和两首田园诗之外，他还写过一部专著《论君主制》，讨论国家与教会的关系，同时撰写一部探讨诗歌形式和意大利语的使用专著，被称作"俗语论"；还有一篇讲稿被后人认为是他的作品，题为"关于水和土的问题"，探讨的是一个自然地理学的一些问题。虽然他的事实、观念和兴趣都属于他那个时代，然而还是有一些特征把他和他的同胞们区分开来：他跟彼特拉克一样有丰富的感情和突出的个性，跟乔叟和

薄伽丘一样有深远的见识和能描写生动戏剧的天赋；然而他对大自
然更宽阔的艺术反应力和惊人的想象力，却是任何人都不具备的。
在语言方面，他也与他的前辈和同时代人不同。生动鲜明的形象，
丰富多样的语言，从古典时代以来从未有人创作过。其实，在他之
前，教会使用的拉丁文被看作是正规语言。他在哲学和宗教阐释中
使用本地方言是一次大胆的创新，他在《飨宴》中坚持了这一创新。
在他自己的国家，现代语言特别不受重视，在 14 世纪之前，意大利
语的文学作相对较少。

中世纪的文学风格

长期以来，叙事诗歌、战争史诗和宫廷浪漫史在法国北部得到
很大的发展——表现为国王和封建领主的吟唱，遥远国度和久远时
代的骑士冒险（特别是圆桌骑士的故事），戏剧从宗教仪式中获得发
展。长期以来人们在古代诗歌和圣经的解释中非常熟悉的象征手法，
已经进入了创造性的艺术，产生了 13 世纪《玫瑰传奇》这样的经
典。讽刺诗结合寻找爱的主题，在列那狐的故事中找到了独特的表
达形式。许多这样的文学样式被带到了意大利，如同被带到欧洲其
他国家一样。其中，法国南方的恋爱抒情诗流派的名声与法国北部
史诗齐名——这种诗歌，尽管题材受到限制，然而在艺术上非常优
雅，在 12 和 13 世纪的意大利宫廷受到人们的喜爱，被吟唱和模仿。
但是，直到腓特烈二世时期，我们才发现用意大利语创作的诗歌。
围绕在伟大皇帝的身边的一群被称作"西西里诗派"的爱情诗人，
他们虽然聪明却常很做作。在托斯卡纳，有一群尽管缺乏灵感、却
有创意的打油诗人，他们用本地语言进行抒情，这些人大多数是普

罗旺斯模式的模仿者。在著名的大学城博洛尼亚，13 世纪中叶新艺术开始受到重视。圭多·圭尼采里就生活其中，但丁认为他是自己的老师，是第一位正确阐释了"甜美的新风格"爱的理论的诗人。

但丁的爱情观

依据这一学说，爱是"幽雅"心灵特有的属性。它始终在沉睡，直到被有价值的目标唤醒。那个唤醒这种"幽雅"之爱的女人，必定是天使的象征，对她的爱就是崇拜。在圭尼采里之后的那一代人当中，他的学说在一个天才作家的小圈子里迅速流行，他们把诗歌引入了佛罗伦萨，那是一个兴旺的商业城市，大抵是意大利最繁华的小共和国。这个文学小圈子的成员除了但丁本人，还有但丁的"第一个朋友"卡瓦尔康蒂。的确，我们看到在但丁的有些作品中，爱情的观点没有新意：在献给一位曾经同情他丧亲之痛的年轻女士的一些甜美诗歌中，在他不经常唱和的十四行诗和歌谣里，在他给称之为"皮埃特拉"的年轻人的那些充满激情的美妙歌声中。但在他献给"哲学女士"的"短歌"里，我们发现了在寓言里适用情诗的形式最好例子。至于这种新思想更原始的表达，我们一定要看在他认为的理想女性贝雅特丽齐的启发下所创作的那些更成熟的作品。在他心爱的人逝世多年以后，但丁从他以前的诗作中选择了一些能够表明他的生活受到贝雅特丽齐影响的那些片段，并且围绕它们写了一篇优美的散文说明，这就是《新生》。

弥尔顿的诗歌

欧内斯特·伯恩鲍姆[①]

虽然我们当中许多人都认为，弥尔顿是英国文艺复兴时期的巨人，从他年轻时期的一些并不怎么出名的诗篇中，我们就能感受到其魅力，然而要想亲近他的那些更重要的作品，那些倾注了"大师精神"的作品，貌似有许多很难逾越的障碍。我们知道，拜伦曾嘲笑他笔下的天使，我们可能会认为他的神学观念一定是枯燥无味或很费解的。我们翻开《失乐园》，几乎在每一页都能看到生疏的短语和隐喻。我们的当代文学和新闻报道总是从耸人听闻、千奇百怪和不同寻常的事件中寻找轻松舒畅的快乐，那些以严肃和刻板为特征的艺术，很难吸引读者。用约翰逊博士的话说："我们逃离大师，而寻求同伴。"似乎是为了鼓励我们逃避，有些人提出了很多质疑，然而不论他们质疑的是什么，弥尔顿终究是一位大师。

---

① 欧内斯特·伯恩鲍姆（1879—1958 年），1907—1916 年在哈佛大学教授英国文学。主要作品有《敏感的戏剧》（*The Drama of Sensibility*，1915）、《18 世纪的英国诗人》（*English Poets of the Eighteenth Century*，1918）和《美国历史上朝圣者的地方》（*The Place of the Pilgrimsyn American History*，1921）等。

弥尔顿伟大的来源

虽然有一些胡言乱语似乎想要摧毁诗人长期以来建立的名声，但一些严肃谨慎的人还是认为：每一个优秀的文学家，从德莱顿到梅雷迪思，都曾授予弥尔顿最高桂冠——一定是一个值得去亲近的人，而且可以肯定，走近弥尔顿是完全可能的。他的伟大主要来自三个方面：他丰富的想象力，和谐的诗歌，以及深邃的思想。假如读者能够接受一些实际示意的话，其中每个来源都会变得非常突出。要了解弥尔顿在《失乐园》《复乐园》《力士参孙》，甚至《圣诞颂》中所表现出来的丰富的想象力，你在翻开这些作品之前，首先要去阅读《圣经》中的相关段落，这些的段落都非常短，但它们展现诗人创作主体的轮廓。几乎不用多言，我们可以感受到，《圣经》中诸如亚当和夏娃这样的故事都有一种简约质朴、令人心醉的美。然而，当你离开这些篇章，去追踪那部伟大史诗的发展进程时，你就会发现，弥尔顿以宏大的想象力扩展了我们对过去的、遥远的及的想象。他所揭示的，已然超越了我们还不曾探寻过的领域、力量和精神。你可以读一读记述参孙或基督诱惑的那些简短篇章，虽然描述性的语言不多，然而却特别生动。你就会发现，在《力士参孙》和《复乐园》中，弥尔顿以非凡眼力，深刻洞察了英雄、上帝和魔鬼的心灵。

有一个错误，会阻碍我们全身心地感受弥尔顿无韵诗的音乐之美，那就是默默地阅读它。除此之外，如同散文一样错误排印也是其中原因之一。盲诗人都是大声地吟诵出最优美的无韵诗，你也要大声地朗读它。所以，只有唤醒我们内心中沉寂已久的美感，才能敏锐地感受到英语中产生的最优美的韵律和共鸣。就如同大海上的波涛，不断奔涌，有着永不衰竭的力量，它使我们激情澎湃。随后，我时刻准备接受它想要灌输给我们崇高的思想，由于声音提高了我们的兴致，使之进入了兴奋状态。如果有人以这种方式开始感受弥尔顿的艺术魅力，那么他也就在文学修养上向前迈出了决定性的一步。从此，他就很容易辨别想象力是软弱还是强大。他的耳朵，如果适应了大师的"宏伟风格"之后，也就再不会喜欢那些粗糙或浅薄的诗篇了。

作为先知的弥尔顿

然而，弥尔顿运用他的诗歌力量，绝不仅仅是为了享受这种力量所带来的纯粹的快感。在他那里，就如同在以赛亚那里一样，伟大的艺术家同时也是伟大的先知者。从《失乐园》来看（这部作品被公认是他的启示最为充分的表达），有人错误地把前两卷奉为经典。事实上，这两卷非常好地展示了他的艺术感染力，但不是他最重要的观点。由于它们描写的是堕落的天使，我们一直会产生这样一种错觉：撒旦是《失乐园》的主人公，这个最高的反叛者夺走了诗人最多的兴趣。最终，在我们这个时代，在人们对一个人格化魔鬼的信仰衰弱无力的时代，有可能产生这样一种印象：弥尔顿把他的天才奉献给了对于我们来说没有多少道德意义的主题，不论它们多么生动别致。于是，我们就得出了一个可悲的结论：他是作为一个纯粹的艺术家而受到称赞，而不是值得倾听的先知者。但是，假如从整体上来看，他的启示足以打动我们每一个人的心灵。

《失乐园》的主题

弥尔顿的主题并不是撒旦，也不是上帝和天使，而是人类。《失乐园》不仅在开头几行就展示了"人的不服从"这一主题，而且人的命运贯穿了整首史诗：它是普通造物中的每一个事件的结果所造就的。所以，弥尔顿并非在撒旦密谋反对上帝的时候开始叙述他的故事，而是这个破败的魔鬼准备向人间的未来居民复仇的时候。在这个新世界中，上帝庄重地创造出人来，上帝给予他们精神上的生命。是为了让人免于堕落，才讲述了天国的反叛。在作为核心的作品中，我们看到了人性的光辉和软弱。最终，未来世界的历史被传递给亚当，目的是为了让上帝的孩子们深信他对他们的不变的爱，而不是为了显示上帝的绝对权力或憎恨撒旦的无济于事。总之，这个主题描述的不是神学，而是宗教；不是上帝和撒旦的本性，而是善与恶的力量与我们的联系。如果读者把注意力集中在《失乐园》中人的存在上，尽管偶尔有些细节不能理解，但是他一定会体察到弥尔顿的根本思想，对天堂和地狱的描述——这些与读者关于极乐和痛苦状态的观念不完全契合——将淡化为背景，随着它们的呈现，读者会清晰地理解弥尔顿关于人生的真正意义和观念。

弥尔顿对人性的看法

将弥尔顿对于人生的真正意义的观念简化为散文套话，就是贬低它，降低它的价值，然而，简单描述它的一般特性，我们便能想到它对个人良心的非凡意义。一方面，没有一个诗人比他更崇高地想到了人的非凡能力。在弥尔顿眼中，人并不是机遇的可怜玩偶，也不是环境的奴隶，而是无拘无束的命运主人，上帝亲自赋予意志以自由，以及让人们能够利用这种自由的所有宇宙精神。另一方面，没有其他诗人比他更深刻地体会到人的兴奋状态所带来的危险。除非他从他的自由中舍弃所有尘世的诱惑，否则他将由于背叛灵魂的法律而受到惩罚，这种惩罚不仅用在他的身上，而且还施加给他无辜的同胞。《科马斯》（Comus）中的那位夫人、《失乐园》中的亚当、夏娃和基督，以及撒旦所遭遇到的道德困境，并不是例外，他们代表了人在生活中的每一瞬间的真实状态。这里有一个非常好的机遇，同时也是一个致命的危险，决定权绝对地掌握在他手里。然而，没有恐惧，没有要救援的哭喊，灵魂就像没有任何干扰一样宁静平和。在尘世上坚强地独立，在上帝面前诚实地保持谦卑——这就是让我们最后得以救赎的美德。

对弥尔顿思想的简短了解，使我们追踪到了他的力量之源。在他早期的伟大诗歌《圣诞颂》中，他渴望听到天籁之音和赞颂神的真理，而凡夫俗子是从来听不到这样的音乐。从那时起到他生命结束，在尘世的混乱和喧嚣中，他不断倾听上帝的声音。得到启迪以后，他使求助他的人获得新生，给予他们以更勇敢的灵魂，更宁静的心态，以及重新被唤醒的良知。华兹华斯悲切地注意到那些尘世偶像的崇拜者，大声呼喊：

弥尔顿，你真应该生活在这个时代！

而在以后的几代人中，那些最杰出的人对这一情感产生了共鸣。怀疑论者可能会质疑弥尔顿学说中的一些内容，然而他们动摇不了其核心，——那早已经深深植入了英国人最笃定的道德信念之中。最崇高的美国传统，建立在新英格兰殖民地，同时，对这一传统的背叛就是对内在自我的一种背离。这一传统就是摆脱人治的自由理想和在良心上服从上帝的坚定意志，这就是弥尔顿的观念。所以，了解弥尔顿，就得到了爱国启蒙，得到了宗教观察力和诗歌修养。

小 说

novel

小说总论

威廉·艾伦·尼尔森[①]

1

　　当文学史家尝试着选出各个时代最受欢迎的文学形式时，他们注意到，在我们这个时代是非常轻松的。中世纪的人喜欢长篇浪漫叙事诗，伊丽莎白时期的人钟情于戏剧，安妮女王及早期乔治王朝的人痴迷于宗教性质的讽刺诗，而我们这个时代的人则对长篇小说情有独钟。几乎所有的文学类型都在一直出版新作品，然而不论是从出版社的书单、公共图书馆的统计数据，还是日常谈话中，我们都能找到许多例证，证明小说这一种喜闻乐见的文学形式在数量上

---

　　① 威廉·艾伦·尼尔森（1869—1946），作家、学者和教育家，先后于 1900—1904 年和 1906—1917 年间在哈佛大学任教，自 1917—1939 年担任史密斯学院的校长。主要作品有《诗歌的要素》（*Essentials of Poetry*，1911）、《关于莎士比亚的事实》（*The Facts About Shakespeare*，1913）和《英国文学史》（*A History of English Literature*，1921）等。

占有绝对的优势。

早期小说形式

　　虽然优美的故事有一种本能的爱好，小说或许如同人类的语言一样古老，但我们一般认为的小说，相较而言更为现代。通俗易懂的民间传说，代表作品有格林兄弟的故事集，情节和人物个性都不够生动，而且范围过于狭窄，只能被认为是小说的先驱。被认为是伊索的《寓言集》（Fables）也只是一些带有道德寓意的奇闻逸事；地中海和北欧国家的神话大多和人类生活没有关系；因其韵文而使的情感不断升华的史诗，其核心内容常常既不是个人性格，也不是爱情故事，而是涉及民族、国家的重大主题。虽然中世纪的传奇故事经常集中于个人命运，也关涉爱情，然而处理手法稚嫩，结构松散，主要是以险峻的情节而引人入胜。同时期的寓言故事①加上文艺复兴时期的小说②，都属于现代杂志短篇小说的雏形，大部分强调单一的情境，缺乏表现整个生活中复杂的细节。从构思上看，它们与长篇小说很相像，同时也有人不承认这种共性，说它们不是落后于就是超前于现代散文体小说的观念。

---

① 如米勒的小说和乔叟的《坎特伯雷故事集》。
② 如薄伽丘《十日谈》中的故事。

小说的兴起

尽管初期各种各样的带有一定虚构叙事的作品在一些重要的方面与现代长篇小说存在差异，然而它们在很多方面为今天有比较优势的文学形式做出了贡献。比如，在十六世纪，所谓的流浪汉小说①最初出现在西班牙，之后是在英格兰，往往是用第一人称叙述故事，主人公是个品行不端的仆人，在他经常更换主人的情节中，揭露他的无赖品行和他所处时代的黑暗。寓言与中篇小说也常常有这些情节，并与主人公的身世相结合，但后来也在不断发展变化。我们现在英语版的萨克雷《巴里·林登》可谓是艺术的顶峰。

伊丽莎白时期的传奇小说，代表作品有菲利普·西德尼爵士的《阿卡迪亚》（Arcadia）。如果从现实主义的角度来看，这类小说距离我们所说的长篇小说较为遥远。但如果从丰富的情感和频繁的道德说教角度来看，它同时又有一些流浪汉小说所没有的元素。在此之前，除了戏剧之外，其他形式的小说都很少会着意刻画明显的人物形象，这是十七世纪发展起来的，这种独特的作品被称为"人物速写"。此类作品并不属于小说范畴。人物速写是一种短篇形式，描绘当时的典型人物，目的在于讽刺社会，就其应用而言其实非常普遍，着力于刻画个人形象的作品也比较多。

我们看到，在阿狄生和斯蒂尔为《旁观者》（Spectator）杂志撰写的德·柯弗利爵士文稿中，这种形式在一些场景和叙述中被细致化了。大约一代人之后，当现代意义的小说兴起时，人物速写所贡

---

① 如英语小说纳什的《杰克·威尔顿》。

献的分析和描绘典型人物的手法被普遍采用。

小说和戏剧

与浪漫冒险故事或人物速写相比，或许是戏剧做出了更大的贡献。在十七世纪的戏剧，特别是在喜剧中，从王公贵族的英雄主题到对当代平民社会生活的勾勒，这个术语并不像我们理解的那样具有现实性，但是却真实再现了作者当时的生活环境。它刻画了逻辑严密和栩栩如生的情景，人物与情节之间的相互映衬——所有这些都能够变成散文体叙事作品。十八世纪中叶，小说取代了戏剧，变成人们休闲娱乐的主要方式。由此可见新旧之间的必然联系。在莎士比亚甚至更早时期，剧作家干脆把人们所熟知的历史、传奇和小说中的故事改编成戏剧。有时候，通俗戏剧的故事也被编成散文体叙事作品。很多畅销小说后来都被搬到了舞台上，由流行戏剧改编的小说也比较多。当然，改编后的内容不是有明显的差异，由这些差异可以看出来哪些故事适宜小说形式，哪些故事适宜戏剧，但是小说和戏剧的共同特点仍旧是生动地讲述故事。

笛福和理查森

丹尼尔·笛福和萨缪尔·理查森为现代英语小说奠定了基础。笛福小说的统一性主要建立在主人公的个性上。他的小说作品往往是一系列事件贯穿于男女主人公的整个生活里。笛福的很多小说，就其专注于犯罪阶层而言，与流浪汉小说很接近，就连最受欢迎的

《鲁滨逊漂流记》（*Robinson Crusoe*），与其说是长篇小说，不如说是冒险故事。他最明显的特征是超现实主义，即通过巧妙选择事实细节来实现，这产生了一种与现代新闻报道相类似的情境效果。虽然现实主义非常精明，但主要是外在的，对人物或动机缺乏精细的刻画，这在他的很多小说中都有所体现。

毫无疑问，理查森的三部大作《帕米拉》（*Pamela*）、《克拉丽莎》（*Clarissa Harlowe*）和《查尔斯·格兰迪森爵士》（*Sir Charles Grandison*）都是长篇小说。他不仅达到了情节的统一，围绕主题，把复杂多样的人物、创作目的和社会环境构建成一个有机整体。而且，他还精心刻画了人物的内心世界，最大限度地赋予作品激情，如今这一点已成为这种文学形式的传统。事实上，在他的笔下，情感往往表现为多愁善感。在他的叙述中，他总是用不疾不徐、浓墨重彩的笔触，钟情于那些动情而感伤的元素，目的在于尽最大可能地产生悲剧效果。

菲尔丁，斯莫利特，斯特恩，戈德史密斯

在某种程度上，正是由于这种对感伤情绪的夸大，以及为了找机会营造悲戚的效果而对主人公进行理想化的描绘，这使菲尔丁开始创作《约瑟夫·安德鲁斯》（*Joseph Andrews*）。这是他的第一部长篇小说，是对理查森的《帕米拉》的效仿。帕米拉被描绘成一个品德高尚的女仆，为保持贞洁而拒绝了年轻男主人的追求，而菲尔丁则创作了另外一个故事，描述帕米拉的哥哥约瑟夫对他的女主人怀有类似的激情，借此来讽喻理查森的荒谬的处理方法。然而他很快就对主人公本人产生了感情。在这部作品中，特别是在他的名著

《汤姆·琼斯》（*Tom Jones*）中，他以非常真实的笔触来刻画人性，这种真实为他赢得了他的弟子萨克雷那句有名的赞誉，"他是最后一个敢于刻画人的英语小说家"。

在托拜厄斯·斯莫利特的那些无耻下流的故事中，我们可以发现菲尔丁的影子，也许更多的是笛福的影子。劳伦斯·斯特恩则将理查森式的感伤情绪推到了顶点，然而又以一种不同寻常的方式融入了幽默，最终又回到感伤中，整体风格与夺人眼球的个性和聪慧机智相照应。就在这一时期，奥利弗·戈德史密斯构思了一部长篇小说《威克菲尔德的牧师》（*The Vicvar of Wakefield*），这部小说以细腻的笔触描绘了当时社会的一个方面的情景，塑造了一批典型人物，并以幽默的语言给予了同情。

浪漫主义运动中的小说

同一时期，在英格兰，如同在别的地方一样，一场被称作浪漫主义的运动开始了，这是针对十八世纪知性主义的一次复杂的反作用运动。其中较为突出的阶段是对中世纪重新燃起的兴趣。但其中有用的内容不多，大多是带情绪的，有关这一点，最好的例子就是所谓"哥特式传奇小说"的兴起。这样小说往往被认为发端于霍勒斯·沃波尔的《奥特兰托城堡》（*The Castle of Otranto*），作者是辉格党大臣罗伯特·沃波尔爵士之子，也就是那种当时伦敦时髦但并不专业的业余作家。对于中世纪的精神，沃波尔并没有真正领会，但他对中世纪的盔甲、家具和建筑非常痴迷，出于好奇，他并不在行地写起小说来。但是，在这类"惊险小说"的创作中，真正的领袖是雷德克里夫夫人，紧接着是克拉拉·里夫斯和许多次要的模仿者。这些太太、夫人们的小说，其背景都是遥远的骑士时代，场景是古老的城堡，情节基本上是可恶的叔伯或邻里对家庭财产的掠夺，或者是失踪的继承人和女主人公经历的劫难。小说中的人物都是一般情节剧中雷同的角色。在马修·刘易斯作为领袖的"恐怖派"中，这种类型开始转变。马修的绰号"刘易斯修士"来自于他的长篇小说《安布罗西奥，或修士》（*Ambrosio, or the Monk*），这部作品将哥特式传奇小说中恐怖和淫荡的情节向前发展了一大步。

总体而言，这是没有价值的文学样式，随着许多没有意义，或者说属于历史类型的长篇小说的尝试，令人诧异的是，这一形式在沃尔特·司各特的传奇小说中发展到极致。但是，在司各特的训练和广泛阅读中，他打下了历史小说和传奇小说的基础。他摒弃了哥特式传奇小说的忧郁和荒诞，用他的历史和传说加大了它的力量，以理智和幽默使它不断稳定，用他塑造的一批生动的人物形象提升它以趣味性。从司各特时代以来，小说在艺术上进步很大。现在，故事的节奏不断加快，情节更为曲折，对话更形象生动，人类的悲剧也更贴近生活。司各特那些生动形象的描述，依旧具有独特的魅力，他笔下的人物都栩栩如生。他不但为英国，而且为欧洲创作了大量历史小说，所有欧洲作家都乐于以他为师。

优雅现实主义——社会风俗小说

在约翰逊博士的时代，一位享有盛名的音乐家的女儿，同时也是女王的侍女范尼·伯尼，把她在伦敦上流社会的经历整理起来，作为素材写成《伊芙琳娜》（*Evelina*），这是一部视角独特犀利、叙事准确生动的社会风俗小说。她与司特处于同一时代，也是简·奥斯汀的前辈。简是一个外省牧师的女儿，她对世界的认知极为狭窄，仅囿于她所生活的那个郡和她有时候去度假的温泉疗养地，例如巴思。然而她机智地把她的作品①圈定在她熟悉的生活里；对这种生活以至生活中的乡绅、牧师、老妇女、勤劳的妈妈和未出嫁的女儿，都以超于常人的细致而忠实的笔法来描绘。她文笔流畅，在讽刺中有一丝飘忽不定，使得她的个性难以捉摸。有限的范围、普通的事件、刻意普通的人物类型，使得她的小说成为一幅完美的社会生活画卷。

在有些方面可以与奥斯汀的英格兰外省生活小说一较高下的有：埃奇沃斯小姐描写爱尔兰生活的小说②，费里尔小姐描写苏格兰田园生活的小说③。这几位女士共同引领着一个仍然充满生机的小说流派。在美国，这一流派通过不同地方的小说反映了整个美国的生活，比如新英格兰的威尔金斯小姐、朱伊特小姐、里格斯夫人，南方有詹姆斯·莱恩·艾伦、乔治·W. 凯布尔和托马斯·尼尔森·佩奇，中西部有梅瑞迪思·尼科尔森和布思·塔金顿。

维多利亚时期的伟大小说家

五十年前，有两位伟大小说家在阅读界平分秋色，这两位小说家虽然各有不足，然而他们仍位于小说创作之巅。有人认为威廉·梅克皮斯·萨克雷在菲尔丁的小说中寻找榜样，主要着力于描绘从

---

① 如《傲慢与偏见》（*Pride and Prejudice*）、《理智与情感》（*Sense and Sensibility*）、《艾玛》（*Emmo*）。

② 如《拉克伦特堡》（*Castle Rackrent*）和《缺席者》（*The Absentee*）。

③ 如《婚姻》（*Marriage*）。

安妮女王到维多利亚女王时期的英国社会。从他的人生观来看，他对人类场景的观点有点局限。他对人性中更卑劣成分的敏锐洞察，冲淡了他的自然情感，甚至使得他的小说有着强烈的讽刺意味，以至于有人错误地认为他是个典型的愤世嫉俗者。他的文风超凡脱俗，对人类情感有着深切的理解和观察，完全可以表现生动鲜活的社会生活的各种场景，在这些方面，萨克雷不愧是一位大师。

他的同时代人查尔斯·狄更斯的作品在某些方面更受读者的青睐。狄更斯的早期经历使他比萨克雷更熟悉那个底层的社会，同时也使他对那些更加不幸的社会成员所遇到的不幸有了更深入的了解。这使得他的不少小说着力申诉社会冤屈，因此他与现代人道主义运动联系紧密。虽然狄更斯对他所处时代的影响甚大，但有一点好像很明显：他所抨击的社会罪恶的特定性质，一定会损害其小说的永恒性，就好像它总是削弱其艺术价值一样。然而我们仍旧欣赏他那种轻松愉悦的幽默和亲切感，他那些使人眼花缭乱的情节和人物的魅力，可以与漫画相提并论。

小说中的科学与哲学

虽然萨克雷和狄更斯的作品中都有许多幽默的内容，然而在他们那里，长篇小说却是一种非常严肃的文学形式，成为传播道德说教和社会现象的载体。在著名的大师手里，它往往都是严肃的。从达尔文理论广泛传播到科学观点的盛行，在小说发展史上都留下了不可磨灭的记录。乔治·艾略特的哲学和科学知识，在她的小说中的表现是，强调规律在个性中的支配地位。而且，虽然她也有十足的幽默感，但她的前辈们那种放纵戏谑的状态已经不见了，而是自命不凡的对艺术和生活的感知。在托马斯·哈代身上，我们也能够很明显地感受到科学的影响，以及环境的巨大力量，呈现出强大的威力，甚至使读者产生不可抑制的无助感，没有丝毫的仁慈信仰和控制力。但是这些作家具有深邃的心理洞察力，对于推动小说艺术向着越来越全面而深刻地再现人类社会的发展过程做出了卓越的贡献。

乔治·梅瑞迪斯的小说在风格上并不沉郁，在技巧上才华横溢。他的作品风格晦涩难懂，这影响了他的作品的广泛传播，然而其他作家都把他奉为大师。梅瑞迪斯曾经受狄更斯影响很深，然而他最终为自己获得了一个独特而不同凡响的位置，他大抵是最有智慧的英语小说家，换句话说，至少是最强调人物思想过程的小说家。这并不是说他的作品在情感表现方面比较贫乏，从其悲剧性的结局来看，很少有小说场景能比《理查德·法弗尔的考验》（*The Ordeal of Richard Feverel*）中的结尾更让人愁肠百结。

除了受到现代科学的影响之外，英语小说后来在很大程度上受到了外国典型的影响，尤其是法国和俄国。追溯这些渊源使我们思忖那些仍在写作的人，把我们卷入许多没法在此处描绘其特征的创作。对于这些创作，迄今为止我们还不能奢求找到一个恰如其分的视角。在英语小说领域，哪怕仅仅是对其历史的匆匆一瞥，亦足以表现出其伟大作品的巨大数量，这一数量将会向读者展示：为什么想要在《哈佛经典》系列中完整呈现是不现实的。然而这些作家的作品很容易找到，在文学作品中，这是现代读者最关注的，但是，它也是最有可能被粗浅略过的一个方面，因为人们压根不去思考其目的和方法。因此，如果我们试着去理解其目标及其卓越成就的条件是很有意义的。

2

小说的目的

在考虑小说创作的目的时，了解一些著名作家谈到的关于从事小说创作的缘由会非常有趣，也非常有价值。那些狭隘的个人动机我们就不说了。金钱和声名当然是许多作家像大多数平凡人一样所渴求的，但对于我们考虑文学的目标，它们显然不是重点。但是，有些人写作，既不是为了金钱，也不是为了追逐名声，比如简·奥斯汀，她去世时仍有许多作品没有发表，很明显她生前也没有打算发表。因为人们的动机往往比较复杂，我们能够有把握地设定，即便是那些直言为生计写作的人，或者承认有野心诱惑的人，也一定有其他的想法，追求名利和那些深层的利他的目标并非水火不容。

最后提到的那一类目当中，最普遍的理由是提高读者的道德水平。对于这一点，说得最明白的要属理查森，《帕米拉》的序言非常典型，值得在这里引用：

假如是为了消遣和娱乐，同时也要引导和提高青年男女的思想；

假如是为了灌输宗教和道德的信念，用这样一种轻松愉快的方式来进行，也会使宗教和道德令人愉悦、使人受益；

假如是为讲清楚父母、子女和社会的责任，那么就用示范的方法来阐明；

假如要描绘罪恶，那就用恰当的色彩来描绘，要使它自然而然地令人憎恶；

假如要描绘美德，那就把它置于温柔和蔼的光亮中，使它看上去美丽动人。

假如要公正地刻画人物，那就毫无保留地支持他们；

假如要以这样诚信、这样自然、这样生动的方式来实现所有这些美好的目的，那么就需要激发每一个敏感读者的热情，吸引他们对故事加以关注；

假如这些建议值得推荐或赞赏，那么下面作品的编辑就能够坦荡地说，所有这些目的都达到了。

以相似的倾向，他的《克拉丽莎》被奉为"女性的典范"，被刻画得既完美，又"符合人性的弱点"，她的缺点被发现，主要是为了避免"神的恩典和纯洁的状态"无用武之地。

菲尔丁同样直率。关于《汤姆·琼斯》，他说道，"在这篇记述中，我真诚地赞颂善良和清白"，他"极力用笔触让人类摆脱他们喜爱的愚蠢和恶行"。关于《阿米莉亚》（Amelia），他说："这本书真诚地想要宣扬美德。"萨克雷常用的讥讽口吻，以及他对人类动机本质的分析，表明他如同菲尔丁一样希望通过嘲讽，让人们完全放弃他们的愚蠢和恶行。

狄更斯的特征是把个体进步与制度习俗的改革结合起来。谈到《马丁·朱泽尔维特》（Martin Chuzzlewit），他说："在这个故事中，我的主要目标是要从多个方面来展现最常见的恶行，表现自私是怎样自我繁殖，起初的小恶是怎样发展成大恶的。"他还表示："我利用任何可能的机会来证明，在那些被人遗忘的贫民窟，公共卫生多么急切地需要改进。"

不同于这些道德主张，司各特认为，"我为大众娱乐而写作"，这听上去非常谦虚，但是他经常说这句话，他希望能"缓解人们内心的焦虑"，"熨平因日常劳累而紧皱的眉头"。偶尔，他也和那些更严肃的作家们的道德目的相类似，"提倡用好的意识取代坏的意识"，"引导无事可做的人学习本国的历史"。

带有目标的小说

与这些更古老的关于目标的表述形成强烈对比的是，在更严肃的现代小说家中流行着这样一种假设：小说主要目的是描绘生活的图景。这个假设的提出，不只是为了阐释他们自己的作品，也是一种对其他人作品价值的检验，与目的无关。这样的假设表明了"带有目的的小说"的危险性，不论这个目的是个体的还是社会的。他们指出，理查森的"示范"方法，不论他示范的是值得模仿的美德，还是应该避免的恶行，往往因为过于泾渭分明，而使形象失真。因为人性是善与恶相互交织的，这样泾渭分明会使有效性大打折扣；因为读者在自身的经历中找不到证据，其真实性无法使人相信。同样，小说家尝试着用相关理论去证明，无济于事的济贫法、肮脏的监狱、愚蠢和残忍的官样文章和法律延误，就如同狄更斯的作品中所呈现出的那样。去证明妇女的权利、卡尔文主义的虚伪、商业婚姻的罪恶，如同在现代作家的作品中那样。这样，他有可能通过夸张、虚构、对世界的自然法则的干预，来实现自己的目标。由此通过展示"诗意的公正"来弘扬高尚的品德，这样的目的容易招来别人的反感。结果都是真实性和有效性的落空。对于讽刺或娱乐目的，其结果可能同样如此。首先，过于强调你要讽刺的那些特点；其次，不可思议、莫名其妙的逗趣，有可能是以牺牲自然为代价。最终，读者的怀疑会阻碍他接受对现实的幻想，而这种幻想对于享受乐趣或者从虚构的情节中得到快乐是不可缺少的。

现实主义的种类

倡导追求真实生活图景的热情，反驳"寓教于乐"的古老理论，是现实主义这一表现形式的组成部分。其实，这一表现形式最极端的拥护者有时候对此坦率直言，比如，左拉说："我们应该努力描绘性格、激情、人类和社会的现实，就如同医生和化学家研究无机物，心理学家研究活的有机体一样。"依据这一理论，他坚信自己能创作出独具个性的小说，虽然他没有严格按照他所预想的那样去做，但结果是小说中罗列了大量几乎是真实的事实，不计品位、习俗是不是适合于小说。

然而并非所有现实主义者都这么古板地诠释他们的信念，很多人坚持反映真实的生活，并不是这样偏激：如真实的记录，不掺杂个人情感。事实上，现在人们普遍赞同的这种绝对的客观性，是不可能也是不应该的。因为涉及任何人类事件的一切事实，不可能一件不落地记录在书中，它们数量庞大、纷繁复杂，要完整地叙述，必然牵涉很多的其他事实，它们自身也牵扯到整个生活史和遥远的先辈。因此，即使是在最严格的现实主义作品中，选择也是不可或缺的，要选择什么内容对作者来说是意义非凡的；要进行这样的选择，个人因素必然融入进去。而且，作者的观点决定了对一些问题描述的轻重缓急，性格气质和想象力都会影响那些所记录的事件和环境氛围。

艺术真实与现实真实

于是，我们发现了艺术真实与现实真实之间的不同。这个不同是每个人在日常交往中都司空见惯。但是，在艺术探讨中，哪怕是专业批评家偶尔也会混淆。我们知道，描述一个行为的基本事实或一次谈话中的实际语句很容易给听者留下错误的印象。另一方面，对人们言行的认识，包括相关的人物、动机和语调的正确含义，完全能够传达出来，根本不用任何意义上的事实再现。艺术家的创作所依托的是一般性的，持久性的特征，而不是个别性的；临时性的事实；是精神，而不是语句。

我们许多人都听过人们在讨论一本书时，某个评论家极力说明书中的某个事件是虚假的，而此时，作者的一位朋友洋洋自得地回答道，作品中的事的确是真实的。如果这个批评是公正的，那么，下列两个理由有一个是真的：或者，作者没有理解生活中所发生的真实事，没有弄清楚真正的因果关系，所以他对事实的判断不准确；或者是，他对事实的描述不符合真实的情况，因此读者没法了解真实的事实。很显然，还有第三种可能也不应该被忽略：他们所讨论的事情或许是"不正常"之事，如同一头八条腿的牛犊出生，虽然历史上曾经发生过这样的事，但事实上不符合自然规律，所以事实本身作为真实生活图景中的一系列事件中的一个环节是不适合的。当然，这种反常是有原因的，但这个原因的不明朗使这种可能性成了我们的一个特殊的例子——很难根据事件的真实原因来表现。

作者的人生哲学

那么，如果只记录客观事实，不糅合作者的个性也是不可能的，而且如果试图这么做的话，可能会违背真实的事实。因此，不管是在素材的选取上，还是在对素材的处理和呈现上，艺术判断力都是非常重要的。这种判断的背景，在很大程度上依托作者本人持有的世界观和人生观。这一看法是作者一生的观察和思考的结果。它涉及的结论，影响他对自己观察的所有事物的解释。对作者的艺术追求的影响，首先表现在主题的选取上。特别的人和事都会引起他的关注，如果它们刚好是作者认为的普遍真实的典范，他就会想到对之进行艺术加工。在加工的过程中，他会按照自己的意识修改它们，使之更恰如其分。他会选择白芝浩眼中的具有"文学性"的主题，也就是适合表现的主题，就好像他把适合绘画的主题称为绘画性主题一样。他认为两者都是以单个实例抽象出某些特征，而这些特征标志着它们所属的整个类型。

为有目标的小说辩护

现在，我们把上述关于小说合理目标的结论与理查森的道德目标作比较。事实上，更多的区别在于理查森表述理论的方式，而不是他的实践。理查森对生活的观察使他认为，帕米拉和克拉丽莎等人的行为与这两个女主人公的行为大体相同，她们的命运基本上被她们的性格和所处的社会所决定，这些都是理查森的小说中所呈现的，他只是比较合适地运用这些作为例子，借此说明生活经验使他树立了正确的人生观。但是，当他在叙述人物的性格或经历时，并没有完全还原世界的原本面目，而是描绘成他希望人们信服的那个世界，他在艺术上是失真的，他所描绘的图景是虚假的，现代读者既不感兴趣，也不相信。于是所有问题归结为作者认为什么最重要，是艺术真实还是客观。如果认为客观效果更重要，那么他的"有目标的小说"就应该遭到人们鄙视，正如这个短语通常的含义。如果他认为真实更重要，他的"目标"只是作为真实的一个特殊例证，不论这种真实在人们心中会形成怎样的结论，都不会有实际害处，反而有可能极大地为他所描绘的生活图景增加趣味性。

小说的价值

假如小说家的功能是表现现实生活的这个观点是对的，那么，我们就必须解决这样的问题：这个结果的价值究竟是什么。答案有两方面：知识价值和情感价值。

普通人所拥有的经历，其数量和范围终究是有限的。我们中的许多人都待在特定的地方，在一个仅代表少数个体的社会圈子里工作生活，醒着的大部分时间都消磨在了单调乏味的本职工作中，以及享受那些几乎不变的休闲娱乐上。在这样的生活中，往往没有太多的机遇，毕竟，那些令人激动兴奋的冒险经历只是无限复杂生活中的极小部分。好在我们具有想象力，而这些正是小说家擅长的运用。当然，有鉴赏力的小说读者可以通过对小说家的熟悉给他的认识而丰富自己的经验，当然，这些经验不是一手的，但作家总是能够把一些场景和人物诉诸笔端，展现在我们面前，相比我们通过自己感官的直接感受，这种经历使我们的理解和认识更加全面。因此用来理解人和生活的材料便极大地丰富了，同时，用来概括人生的材料也增多了，正是这些概括，构建了我们的人生哲学。

所有明智的利他活动，其根基都是同情，而同情又是建立在想象力的基础之上的。因此，了解小说中那些生动的人物，不但能使我们熟悉不同个性的人并理解他们，并且还为我们情感练习，使我们能思路清晰地站在别人的立场上考虑问题。所以这种了解在一定程度上能矫正狭隘和偏颇。通过增强想象力来拓展视野和感情范围。同时还有一种伦理道德的效应，远比"示范"、警告和诗意的公正这种老套的办法更为有效，而且完全没有强迫人们相信这些训诫就是真理的意味。

小说的写作方法

关于小说的写作方法，还有一些重要的技术问题我们需要简单地说一说。

不论作家描绘的生活场景多么真实，但假如其本身并没有给读者留下深刻的印象，那么价值还是不大。因此效果问题非常重要，在有些作家眼里，为了效果甚至完全不顾及真实性，这样的情况很多。

结构是最综合的效果因素。如果一个故事没有很好地组织起来，情节都是凌乱的片段，没有一条线索，没有高潮，没有结局，很难让人有读下去的欲望，就算勉强读一遍，也不会使人产生兴趣，所以不管是理性方面还是感性方面，都不能给读者留下清晰的印象。它所欠缺的，正是结构的统一性。因此，小说家的职责就在于尽量创作结构严谨、组织合理的情节，在表面上或真实性上都不能违背自然规律。这是作者面临的最大的技术问题，因为就连粗心的读者也会对结构进行鉴赏，这是最低限度的鉴赏能力，相反读者不能把作品作为一个整体来审视，他（她）也不可能有判断和欣赏小说的完美品位和能力。

在处理较小范围的情景和事件上，也需要相似的能力，很多作家能够孤立地、生动地呈现这些情景和事件；但优秀的作家并不是把它们视为相联结的一根线，而是当作一幢大楼中的砖石。

反过来，情节和故事要与人物密切相关。人物不但要刻画得充分立体，看起来好像是我们熟悉的人，而且所发生的事情，以及导致并承担这些事情的人物，必须能够彼此相互解释。关于小说中主要人物分析是否合适，一些作家认为，只能让人物的言行来诠释人物，就如同他们在戏剧中所表现的那样；而另外一些作家则无所顾忌地亲自走上前台，清清楚楚地阐明其笔下人物的动机和感受。许多事情很自然地由做这件事情的方式所决定。萨克雷躲在他笔下人物的背后与读者友好闲聊的方式往往深受读者注目，而作者的明确表达使我们的阅读变得容易，并且避免了重大误解。另外一方面，得出我们自己的结论势必有着极大的满足，如果允许演员展示他们的个性特征，不用喋喋不休的主持人帮忙，一定能获得令人满意的感受。

有人曾试图采取不偏袒任何流派的派性态度概括小说艺术的主要原则，在这些原则的范围之内，有各种类型作品的发挥空间，比如浪漫主义和现实主义；冒险传奇的历史和寻常事物的记载；细致入微的心理解读和情节扣人心弦的传说。异彩纷呈的人类生活提供了丰富多彩的主题，主题的性质会恰如其分地导致作品不同的倾向，有的着重外在，有的强调内在，有的专注寻常事物，有的注重非常之事，所使用的技术方法同样各不相同。尽管有诸多变化，但还是要求尽可能地忠实于人性和人类生活中最永恒、最根本的特征，在表现方法上充满活力和趣味。

从读者的角度看，在小说中能得到怎样的快乐呢？诚然，小说的主要目的是得到快乐。快乐在很大程度上是由那个想要得到快乐的人决定的。有的读者认为的快乐，只是那种张扬个性、拓宽视野和同情范围的感觉，这是小说的主要价值。也有人认为，小说应该给人留下明晰生动的印象，最大限度地吸引读者的兴趣，我们就在诸如此类的要求中满足那些寻求快乐的人。最大的快乐，是多彩而热烈的生活，是在一个每时每刻都缤纷灿烂的世界上感受自己，优秀的小说总是能给我们带来这样的快乐。最杰出的现代小说艺术大师之一亨利·詹姆斯认为，我们受小说家的款待，因为我们靠他掏腰包为生，这真是一个既真诚又机智的总结。

大众小说

弗里德·诺里斯·鲁宾逊[①]

这次讲座上讨论的作品在时空上分布得很广泛，比如：《伊索寓言》（*Aesop's Fables*），这部作品集被认为是公元前六世纪一个希腊奴隶的作品，然而事实上，这部作品是在他之前和之后许多代不断发展出来的；《一千零一夜》（*Arabian Nights*），包括了来源广泛的东方故事；中世纪的爱尔兰传奇，代表作品为《达德伽旅店的毁灭》（*The Destruction of Da Derga's Hostel*）；民间故事以格林兄弟或其效仿者汉斯·克里斯蒂安·安徒生为代表。在一系列范围如此广泛的作品中，题材和风格一定是多种多样的，粗略一看可能没有什么共同特征。但上述的所有作品都是散文体大众小说，安徒生童话集是对类似作品的艺术性模仿。

---

① 弗里德·诺里斯·鲁宾逊（1871—1966），出生于马萨诸塞州，1906—1939 年任哈佛大学英文教授。最重要的贡献是他编辑出版的《乔叟全集》（*Complete Works of Geoffrey Chaucer*，1933）。

"大众"的含意

当然，这里仅是在技术层面上使用"大众"（popular）这个术语，并不是指通俗意义上的时兴或流行。对这个术语进行严格界定，大众作品是匿名的，是连续多个作者的创作。在写成文字之前一般要经过长期的口耳相传，所以，它们是通过习俗的或传统的，而不是以个人的风格和形式构建而成。关于大众作品的确切属性和范围，一直说法不一。就民谣诗的情况来看，在成群结队、载歌载舞的人群中，偶尔能够观察到共同创作的过程，但从散文体故事的情形来看，就没有集体创作的过程了。哪怕是先后有不同的叙述者对同一个故事进行再创作，使之成为共同作品，那也不能说是哪一个作者的职责。散文体和韵文体的大众作品表现了艺术技巧的不同发展阶段，以盎格鲁—撒克逊人的史诗《贝奥武甫》为例，它由一位水平很高的诗人所著，《一千零一夜》也是类似的情况。你可能会怀疑，它的风格和结构在某种程度上是由技巧娴熟、受过文学训练的一个作家或一群作家创造的。关于这一文学类型整个的历史，或者关于某些特定作品的准确属性，有很多尚未解答的问题，但无须怀疑的是，大量文学作品的存在，是真正意义上的公共财富——从它们来源和传播来看，它们是大众的，由此决定了它们的特征。

大众文学的现代品位

几代人以前，在文学或教育类的作品集里，我们研究的这类作品也许并没有那么突出的地位。因为，受过教育的人对大众文学产生兴趣，至少是真正的关注过，在某种程度上是在十八和十九世纪发展起来的。早些时候，特别是在古典文学盛行的时代，文学方面主要是对诗歌、哲学或演讲名作进行研究，批评艺术主要在于从这些范例中找出规则和标准。即使平民的作品，文人也是以正式的标准来评论，就像阿狄生称赞《切维·蔡斯》（Chevy Chase）的歌谣在很大程度上沿用了《埃涅伊德》的叙事方法。然而近代以来，文学批评的走向有所改变，作家甚至走向了另一个极端，吹嘘所有的大众作品，夸大作品中平民百姓的角色，直到把《伊利亚特》和《贝奥武甫》看作整个社会的实际创作。随着这种对大众文学重新兴起的赞赏，激起了对所有大众或半大众作品的浓厚兴趣，许多学者致力于世界各地民歌和民间故事的整理和研究。最大的兴趣一定集中于诗歌，在像《伊利亚特》或《尼伯龙根之歌》这样的伟大史诗上投入了大量的劳动和创造。但是，许多散文体大众叙事作品的卓越品质也得到认可，对其研究不断深化。

大众文学对艺术文学的影响

虽然大众小说在文学史著作中并没有占据重要的地位，但是长期以来对更高雅的文学形式产生了重要的影响。在古代世界，这一点非常突出，戏剧和史诗依托于神话，最初往往是关于众神和英雄的大众传说。作为道德智慧的化身，寓言故事自然是演说家和作家们不竭的资源，如在十二世纪的玛丽·德·弗朗丝或十七世纪的拉封丹这样的诗人手里，它实现了自身最高的艺术价值。《一千零一夜》被引入欧洲文学的时间虽然不长，但构成这本故事集的东方故事在十字军东征时期就在欧洲颇受欢迎，为中世纪的小说提供了许多素材。十九世纪，诗人们在"好人哈伦·拉西德"时代的传说中找到一座资源丰富的宝库。北欧的民间传说，以凯尔特人和斯堪的纳维亚人的传奇或现代德国格林兄弟的故事集为代表，很长时间以来都是许多高雅诗歌和传奇小说的来源。许多优秀的戏剧或诗篇，在内容上能够追溯到一段童话或某个传说，例如受迫害的灰姑娘的故事，或父子不经意间卷入生死之战的故事。亚瑟王璀璨的浪漫传奇许多素材来源于大众传说。最初的故事，在宫廷诗人和文人传奇作家手里，往往经过了艺术加工，面目皆非。故事的动机被改变，它们被提升到了高度文明的背景中。改编这些故事的作者大多没有觉察到这些素材的历史或意义。但是，十九世纪批评研究的主要成果却表明最高雅的文学艺术作品来源于大众传说。

大众叙事文学的特征

从历史的角度来看，大众小说在文学教育中未必居于显著的位置。但就其本身来说，不考量历史标准，许多这样的作品都拥有现实的人性意义，丝毫不逊色于艺术文学。安徒生和格林兄弟的故事集，叙事方式很简单。这些故事营造的都是简单的情节，当然是本土化的，但大多数没有显而易见的民族特征或个人特色。从吸引力来看，它们是世界性的；从实际发生地来说，它们也可以是世界性的。伊索寓言也展示了叙事文学的一个十分简单的阶段。爱尔兰的英雄传说是比较复杂的作品。这里有情节的构建，与史诗结构有些相近，在情节中有鲜明的人物（一半是历史的，一半是传说的）。这些故事反映了北欧英雄时代的生活场景。穿插在英雄传奇中的叙事散文和诸多诗歌，都证实了在古老的吟游诗人中在许多方面依旧是原始的文学传统。《一千零一夜》在不同层面上表现了更为复杂微妙的发展。基本内容还是怪兽寓言、神仙故事，以及关于爱情、勇敢或阴谋的大众逸事，但它们是在较为富裕的安定的文明的背景下构建出来的，并以历史的手法，描绘了中世纪伊斯兰世界的生活和习俗。如前面说到的那些作品集，大部分出自无名小卒，显然是许多人历经几代才完成的作品。它们显示了完整的传统文学的风格，没有姓名、不计其数的贡献者都是文士，而非口耳相传时期单纯讲故事的人。虽然《一千零一夜》不处在个人作者的阶段，但严格意义上它处在大众作品的范围之外，文学作品的领域之内。

　　然而，即便它发展到最成熟的阶段，大众小说和通常的现代小说或叙事诗仍然完全不同。它没有一个强调因果关系、不断发展的情节。比较典型的是，和当代小说不同，大众小说缺乏对人物的研究以及对各种问题的理性分析。大众传奇小说的重点主要在于事件、冒险和并不复杂的阴谋上。只是在重复大家非常熟悉的、并能够接受的道德说辞。总体来看，它们代表的是一种本能的或传统的、而不是高度思辨性的生活哲学。由于上述这些原因，它们被认为是儿童文学，然而除了上述原因，还有以下事实不能被忽略，它们主要产生于人类文明的童年时期，或者来自于更先进时代里的那些简单淳朴的民族。但不容忽视的是，在大多数情况下，事实上它们并不是为儿童所写的。已经长大的成人们，如果忽视这些作品，那将是一笔重大的损失，势必减少年岁增长所带来的收益。

马洛里

古斯塔夫·霍华德·迈纳迪耶[①]

在英语作家当中，托马斯·马洛里爵士可以被认为是独一无二的。他的名著《亚瑟王之死》（*Notre d'Arthur*）是在 1470 年左右写成的，由英国最早的印刷商威廉·卡克斯顿在 1485 年印行。所以，在他写作的那些年代，各种欧洲语言开始在印刷业的影响下变得更加稳定，他离我们这个时代很近，近到足以使他成为第一个这样的英语作者：我们可以在不用专门研究的前提下，轻松愉快地阅读他的作品。除了个别单词需要查阅词汇表之外，马洛里的文字就如同最新的杂志或小说一样通俗易懂，虽然其文法和遣词造句颇具古风。但是，他写作的那个时代，欧洲文明的世界在物质和精神上仍旧荒芜。西起大西洋，南到撒哈拉沙漠，远东是近乎神秘的中国，文艺复兴的影响力几乎没有涉及意大利以外的地方。除了极少数学者之

---

① 古斯塔夫·霍华德·迈纳迪耶（1866—1960），美国文学史家。主要著作有《英国诗人笔下的亚瑟王》（*The Arthur of the English Poets*，1907）等，编辑出版的著作有《笛福文集》（*The Works of Daniel Defoe*，1903）和《亨利·菲尔丁文集》（*The Works of Henry Fielding*，1903）等。

外，对大多数人来说，对希腊、罗马和巴勒斯坦等古老世界的了解，完全是依靠诗歌中的故事。历史被扭曲得很严重，以至于大卫王、恺撒和亚历山大大帝都披上了中世纪的盔甲，上朝听政的派头如同卡佩王朝和金雀花王朝的国王们一样壮观。在精神上，马洛里很像中世纪的人，好像死于 200 年前，而不是死于 40 年前哥伦布启航探索大西洋奥秘。难以置信的是，在他去世后的半个世纪，英国人便在哈佛和剑桥读着荷马，路德把《新约》翻译成德语。又过了几年，欧洲的一些主要国家着手谋划它们的殖民帝国，最终发展成如今的世界强国。幸亏他正好生活在那个时代，马洛里才给我们留下了他的《亚瑟王之死》，这部充分展现中世纪精神的作品，虽然在风格上有一种中世纪的意味，然而几乎没有中世纪的语言困难。

传说与浪漫传奇

哪怕《亚瑟王之死》没有这种独特的风格魅力，它在文学中仍然非常重要，由于它给现代世界提供了丁尼生所谓的"最伟大的诗歌主题"最通俗易懂的中世纪版本。在欧洲思想和艺术的宝库中，在中世纪做出的几项有价值的贡献当中，最丰富的一定是大量的传说——故事的主人公有圣徒和殉教者，有本地稍有名气的骑士，有几个闻名天下的骑士，他们都成为伟大史诗的主要人物。在几乎每个实例中，诗意的名声都有历史事实的基础，但大部分上层建筑及其一切装饰，都是流传久远的故事。齐格弗里德就是这样一位英雄，现在成了日耳曼英雄时代的典型人物，但起初和其他 6 个勇士并没有什么显著的差别，像维罗纳的迪特里希，他们的故事是四、五、六世纪日尔曼各民族在动荡不安的迁徙中发展起来的。另外一个英雄是查理曼大帝，不论是在中世纪传奇中，还是在历史上，他都是个大人物，后来在公元 800 年的圣诞节那天加冕为神圣罗马帝国皇帝。中世纪更为卓越的史诗英雄是亚瑟王，在某种程度上，正是由于托马斯·马洛里爵士，使他远比其他英雄更为英语读者所熟悉。

历史上和传说中的亚瑟

亚瑟王传说的历史基础是盎格鲁—撒克逊人征服不列颠。在 300 年里，日耳曼入侵者在这个岛屿上建立了第一个殖民地之后，不列颠人慢慢地被赶进了威尔士和坎伯兰的大山里以及康沃尔半岛，或者越过英吉利海峡，把阿莫里凯变成了布列塔尼。与此同时，他们经历了几乎一样的惨败。然而，大概在公元 500 年前后，他们一度赢得了胜利，在接近半个世纪的时间里阻挡了撒克逊人的前进。他们的领袖是亚瑟，一位杰出的将领，然而可能不是国王。现在，崭露头角的人总是要给自己招致一些故事，不计其数的与亚伯拉罕·林肯相关的逸事趣闻就是例证。在文明程度不高的民族中，这样的故事就充满了预兆和神奇。英雄传说也是这样诞生的，亚瑟王的传说也是这样发展起来的。可能，亚瑟离世后不久，通俗故事就开始使他小有名气。亚瑟在赢得胜利的 300 年之后，不列颠修道士奈尼斯撰写了一部所谓的编年史，也就是从他的叙述中，我们才可以在文学上目睹这个正在形成的浪漫英雄传说，由于奈尼斯把这位不列颠领袖跟几个超自然的神奇故事关联在一起。据推测，在海峡两岸的不列颠人当中——由于亚瑟赢得胜利是在大规模移民阿莫里凯之前——用相似的方法把奇迹和冒险跟民族捍卫者联系起来的做法是十分常见的。慢慢地，这些英雄故事传到了不列颠人的邻居们那里。

由于它们的趣味和诗的魅力，它们在法国和英格兰都变得广受欢迎。

但是，诺曼人的征服激发了人们对所有与不列颠相关的事物的巨大兴趣。在征服者威廉的孙子斯蒂芬统治之初，蒙默思郡的牧师杰弗里凭借不列颠传说的宝藏，随心所欲地改动，大胆出版了一部《不列颠诸王史》（*The History of the Kings of Britain*），这是一部用拉丁散文写成的编年史。于是，我们第一次有了文学形式的不列颠国王亚瑟的故事，描述他的英勇善战，他死于叛徒莫德雷德之手。紧接着，其他一些作者，也许是受到盎格鲁—诺曼人影响的人，着手运用与杰弗里相似的材料。他们赞扬亚瑟的圆桌骑士，还有杰弗里没有提到的各种各样的骑士。到 13 世纪初，亚瑟王和他的骑士们的故事成了世界性的文学主题，由于杰弗里的"编年史"和最早的法文亚瑟王传奇都被改编或翻译成了西欧的每一种语言。不论它们传播到什么地方，这些故事都保持了同样的特征。全都有充满诗意的奇迹，全都有地理差错和历史混乱，国王、骑士和贵妇都和作者处于同一时代。没有 6 世纪的粗鲁行为，倒是充满了中世纪的骑士风度。除了杰弗里的作品之外，起初的亚瑟王传奇都是韵文，不同骑士的冒险构成了不同的传奇作品。

中世纪和中世纪之后的作者都没有对历史差错加以修正。亚瑟王和他的骑士们始终都是骑士时代经典浪漫传奇的典范。但在 13 世纪初，作家们开始转变诗体传奇故事为散文。紧接着，他们开始将某个骑士的冒险故事和另外一个骑士糅合到一个传奇故事里，直到慢慢发展为庞大的传奇大杂烩，拙劣地想要表现一个包罗万象的关于亚瑟王和他的主要骑士们的冒险故事。因为材料来自许多地方，还有抄写者的纰漏，这些综合在一起的故事有时候互相矛盾，非常混乱。其中晚期的一个抄本好像是马洛里的主要原始材料。他可能依据其他抄本的资料修改了这一素材，并凭借自己的独立判断把这些材料整理在一起。不管怎样，他并没有从混乱中梳理出秩序。但是，大体来看，马洛里的作品具有一定的结构。它是中世纪留给我们的有关"亚瑟王和他的圆桌骑士们"最丰富、最清晰的综合故事。

圣杯传说的历史

和圆桌骑士的故事一样，圣杯的故事也来源于岛民凯尔特人古老的民间传说。不列颠人和盖尔—凯尔特人都听过可以起死回生、包治百病的类似于圣杯的物件的故事。他们常常把这样一个器皿和一杆矛（偶尔还有一把剑）联系在一起。甚至有一个爱尔兰的神话故事，说神仙们有一口锅、一杆矛、一把剑，还有一块"命运之石"，可能与"漂在水上"的石头有点关系，加勒哈德就是从这块石头中拔出了他的命运之剑。有人觉得，凯尔特人古老传说中的异教护符，就是凭借这种形式在中世纪传说中演化成了基督教的教义，而这样的解释只不过是猜测而已。毋庸置疑，在 1175 年前后圣杯传说融入庞大的亚瑟王传奇之中，总体趋势是使之变得越来越具有中世纪基督教的意味，这或许是由于那个被称作圣杯的神秘器皿揭示了圣礼杯的奥秘。所以，在十三世纪初杰出的世俗骑士、第一个圣杯英雄珀西瓦尔被加勒哈德所取代，后者是一个名不见经传的传奇作者虚构出来的，很显然，主要的目标就是树立一个理想的禁欲主义的英雄形象。圣杯作为基督教徒在最后的晚餐上所使用的杯子，是圣餐杯的象征。有一篇很长的叙述，描述圣杯从巴勒斯坦到不列颠的旅程，然而并没有被收录在《亚瑟王之死》中。故事中的奇迹按照《圣经》解梦的方式来进行解说。加勒哈德的父亲兰斯洛特爵士"出自我主耶稣基督后第八世"。这位修道士在这棵古老的异教之树上嫁接了许多内容。其中就有所谓的"所罗门王和他的妻子的故事"和他们的三个纺锤，所罗门的船，所有这些充其量只是个笑料，而非"神奇"。

假如说在引入中世纪基督教的迷信和无知方面，马洛里版的圣杯传说是中世纪传奇的典型例证的话，那么，他也引入了神秘之美。从他对人的引诱理解不够来说，加勒哈德可能也缺乏对人的同情，但他是纯真少年的真实写照，由"一位善良的白衣老者"引领，坐在了危险座上，身披红色甲胄，穿着"红绸外衣"，肩披一件貂皮披风。他必定是个十分固执的不可知论者或是愚昧的清教徒，当圣杯奇迹般地出现在亚瑟王的宫中时，他既没有因"圣灵对骑士的恩典"而心生敬畏，也没有被圣杯之城卡本内克和撒拉的弥撒仪式所感动。

从世俗的角度来看，马洛里描述圣杯故事的篇章也是典型的中世纪传奇。"高贵爱情"的习俗；对骑士誓言的坚守；诚实、贞洁、谦恭、扶危济困的骑士精神，以及在狂热激情中对这些誓言的背弃——所有这些，都能够在马洛里描绘圣杯故事的章节中找到，也可以在《亚瑟王之死》的其他部分中有所发现。正像卡克斯顿在此书序言里所说的那段经常被人引用的话中所说："这里可以看到高贵的骑士精神，谦恭、仁慈、友善、吃苦耐劳、坚信爱情与友谊、怯懦、谋杀、仇恨、美德，以及罪恶。"但它给我们留下的整体印象是善而非恶，是"充满欢乐、令人愉悦的历史，以及人性、优雅和高贵的骑士精神"。

塞万提斯

杰里迈亚·丹尼斯·马赛厄斯·福特①

　　米盖尔·德·塞万提斯于 1547 年在西班牙大学城阿尔卡拉·德·埃纳雷斯小镇出生，父亲是个穷医生，一大家子颠沛流离，居无定所，拖家带口从阿尔卡拉迁移到不同的城市，比如瓦利阿多里德、马德里和塞维利亚。米盖尔也许没有上过大学。据推测，他取得了教书的资格，并在马德里的一所学校担任老师。不论怎么说，在 1569 年，他成了意大利高级教士阿库阿比瓦的随从，后者作为教皇特使来到西班牙，当年年底，塞万提斯跟着阿库阿比瓦去了罗马。

　　他在罗马没待多长时间，于 1570 年成为一名绅士志愿兵，在一艘军舰为奥地利的堂约翰效命，在勒班陀海战中土耳其人被打得落花流水。战斗中塞万提斯左臂受了很重的伤，留下了永久的残疾。在意大利康复了一段时期之后，他又参加了其他战斗。他讨厌战争，

---

　　①　杰里迈亚·丹尼斯·马赛厄斯·福特（1873—1958），语言学家和教育家，1907 年起执掌哈佛著名教席之一——法语和西班牙语史密斯教授席位，1911 年起担任罗曼语系主任。主要作品有《意大利韵文中的骑士罗曼史》（*The Romances of Chivalry in Italian Verse*，1904）和《西班牙文学主流》（*Main Currents of Spanish Literature*，1919）等。

1575 年 9 月，带着军队长官和那不勒斯总督为他写的推荐信，乘船去往西班牙。他原来希望凭借这些证明材料在家乡能得到重用，到后来却成了他的劫难，他乘坐的那艘船被摩尔海盗劫获，他也被劫持到了阿尔及尔，在那里，由于这些信，海盗们认为他是个地位很高的人，想在他身上敲诈一大笔的赎金。

他的家人和朋友拿不出这一大笔赎金，他只能在阿尔及尔当了 5 年的俘虏，遭遇了他人生中非同寻常的经历。最后，由于一次幸运的机遇，他被释放了，回到西班牙。戏剧《阿尔及尔的交易》（*El trato de Argel*）和《堂吉诃德》（*Don Quixote*）"俘虏"那一节他提到了自己在阿尔及尔作为俘虏的经历，有关这一经历，有更多的传说。看来，他好像曾多次领导基督徒俘虏试图逃跑，然而并未受到惩罚，其中刺刑是经常见的一种惩罚。大概是，俘获他的人觉得他是个疯子。

塞万提斯的文学创作

回到西班牙，他大概又在军队中服役过很短的一段时期，然而，在 1584 年，他认真严肃地着手自己的文学创作，就在那一年他完成了他的田园浪漫史《伽拉泰亚》（*La Galatea*）。这部作品水平一般，从他对牧羊人和牧羊女生活的处理来看，如同很多本地和国外的这类作品一样矫揉造作、冗长乏味。但是，它有时候也传达出一些真情实感，有人认为，这部作品促成了他对卡塔利娜·德·帕拉西奥斯的求爱。作为一个身无分文的男人，现在要承担起家庭的责任，塞万提斯想到了一个好办法，他可以为西班牙舞台剧编写剧本，借此养家糊口，那个时期西班牙舞台剧正步入一个辉煌时代。事实证明这个办法并不好，这一时期他编写的二十多个剧本没有一个取得金钱上或艺术上的成功。失败之后，他必须在一位财政大臣手下做一名低级官员获得微薄薪水度日，因此在 1587 年之后的那些时间里，他不断为皇家军队征收供应品，或者从那些非常不情愿的臣民手中收税。

我们拥有的可靠史实使我们相信，塞万提斯一直过着贫困的生活。毋庸置疑，他的确是这样的，然而就算为生活奔波，他仍然笔耕不辍，源源不断地创作了许多赞扬某个朋友或庆祝某个事件的诗篇。有人认为，作为一个抒情诗人，塞万提斯的品位很低，他的诗想象力不够，也缺乏生动。然而，有时候，当他谱写出庄重的音符时，也能达到伟大诗歌的高度。然而在这一时期，塞万提斯并不只是吟诗作赋，同时他还在卑微的职位上做着自己的本职工作。而且他还在做着一件更加重要的事情：构思《堂吉诃德》。有人说他是在监狱完成《堂吉诃德》的，但是这个说法的依据是建立在对小说序言中的一个段落毫无道理的推测之上。或许，有关这部作品的最初构思是他在身陷囹圄的空当中产生的，他非常有可能在 1590—1604 年完成了第一部作品。1605 年，第一部作品的出版，便引起了强烈的反响，在国内外很快出现四个新版本，并被翻译成多国文字。

训诫小说

然而，此时塞万提斯还有 11 年的寿命。在余下的这些年里，如同我们了解的那样，他的世俗生活并没有过得更好，虽然因为出书使他有了一些其他的收入，还有赞助人雷莫斯伯爵提供的慷慨资助。《堂吉诃德》的第一部的一章里，塞万提斯提到了一篇被命名为"林孔内特和科尔塔迪略"的流浪汉小说。这篇小说连同另外 11 篇短篇小说，被收录在一本题为"训诫小说"（Novelas ejemplares）的短篇小说集中，于 1612 年出版。如果他只写"训诫小说"，他在西班牙文学史上的名气应该会很牢固。它们是迄今为止用西班牙语写成的结构最严谨的短篇小说，文章引人入胜，手法真实。这些短篇小说在国外引起强烈的反响，关于这一点，我们可以从下面这个事实中找到证据：像弗莱彻、马辛杰、米德尔顿和罗利这些英国戏剧家都借鉴小说的某些情节来丰富他们的戏剧。

在创作这些戏剧作品的同时，塞万提斯也在抓紧创作《堂吉诃德》第一部的续篇。在知道一个笔名费尔南德斯·德·阿维亚乃达的人创作的第二部于 1614 年出现在阿拉贡的塔拉戈纳之后，他急忙完成了这本书的第二部以及堂吉诃德和桑丘·潘沙冒险的结局，并于 1615 年出版。塞万提斯一直在工作，直到生命的最后。在临终的长榻上，他给《贝尔西雷斯和西希斯蒙达历险记》（Los trabajos de Persiles y Sigismunda）续上了最后的几笔，这是一部关于爱情和冒险的长篇小说。1616 年 4 月 23 日，塞万提斯在马德里去世，看起来跟莎士比亚于同一天去世，但事实上没那么精确，因为英国和西班牙的历法不一样。据推测，他应该长眠于西班牙首都一个救赎派的社区之家。

《堂吉诃德》的目的和意义

对整个现代世界来说，《堂吉诃德》是塞万提斯的作品中最应该受到关注的一部。之所以这样说，是因为它是到目前为止的最优秀的长篇小说，它是西班牙贡献给全人类的唯一一部具有世界意义的小说。因为贡献了这部作品，西班牙拿出了一份珍贵的礼物，给全世界千百万芸芸众生的头脑和心灵带来了真诚的愉悦。虽然自堂吉诃德第一次动身出发以来，已经过去了 300 年的时间，但这种愉悦依旧新鲜如初。

塞万提斯在计划写《堂吉诃德》的时候就准备把它写成一部讽刺骑士传奇小说，早在一个多世纪之前，这类传奇小说就凭借记述一些荒诞不经的英勇行为，来迷惑西班牙人的思想。它们只是影响西班牙人的头脑，用早已消失的中世纪精神各个方面的魅力来吸引西班牙人的兴趣，把人们的关注点从有着严肃日常工作的现实世界中转移开来。实际上，早在十六世纪末，骑士传奇的影响就开始急转直下，然而正是《堂吉诃德》给了它们致命的一击，而《堂吉诃德》出版之后，再也没有新的同类型作品出现。塞万提斯是如何达到他的目的的呢？非常简单，就是通过采用骑士传奇的办法，展示把它们应用于现代世界所产生的荒诞。一句话，就是要证明：它们已经过时了。然而塞万提斯构思了一个远比他最初筹划的更加宏大的结构，由于他的作品在他的手中发展，超越了他当初的计划，最终成为一部优秀的现代小说，数以万计的读者饶有兴趣地阅读，完全不清楚也不介意它曾是为了攻击一种文学类型。关于这部作品有一位批评家莫瑞尔·法悌欧说："塞万提斯手中那支流浪汉的笔，只被当时的灵感所控制。在这支笔下，他的《堂吉诃德》当初产生于一个很简单的想法'嘲弄骑士小说'，不曾想过有什么大的发展。然而，这部小说逐渐发展成反映 17 世纪初西班牙社会的卓越小说，这部小说，体现了这个时代的所有标志性要素，它的感情、激情、偏执和制度，都找到了自己的位置。所以，这本书的强大乐趣不仅是说它作为一部虚构作品以及作为实践哲学领域一部值得敬佩的专著的价值，还有就是拥有一个额外的优势，那就是：将一个民族在其存在的某个确切瞬间的文明状态定格，并向我们展示了其良知的深度。"

曼佐尼

杰里迈亚·丹尼斯·马赛厄斯·福特①

　　早在十三世纪时，意大利人就开始展示出爱讲故事的欲望，他们一直沉迷于这一爱好，直到现代。但是，在十九世纪之前，他们更倾向于短篇小说或故事，而不是那种被称作长篇小说或浪漫传奇的散文体叙事小说。这类小说篇幅更庞大、更加雄心勃勃。哪怕在十四世纪薄伽丘就写出了他的《菲亚美达》（*Fiammetta*），哪怕在十四世纪末或十五世纪初安德里亚·达·巴布里诺就写出了《法国王室》（*Reali di Francia*），哪怕在十五世纪或十六世纪就出现了田园浪漫小说（《阿卡狄亚》）、冒险小说以及其他充斥着色情、感伤或道德教化精神的小说，我们还是认为这些小说或者风格贫乏，或者在很多方面比散文体小说更加重要，如同《菲亚美达》《法国王室》和桑纳扎罗的《阿卡狄亚》（*Arcadia*）一样。十七世纪和十八世纪基

---

　　①　杰里迈亚·丹尼斯·马赛厄斯·福特（1873—1958），语言学家和教育家，1907年起执掌哈佛著名教席之一——法语和西班牙语史密斯教授席位，1911年起担任罗曼语系主任。主要作品有《意大利韵文中的骑士罗曼史》（*The Romances Chivalry in Italian Verse*，1904）和《西班牙文学主流》（*Main Currents or Spanish Literature*，1919）等。

本上杰作很少；十九世纪初，意大利真正的长篇小说始于福斯科洛的《雅可波·奥蒂斯的最后书简》（*Le ultime lettere di Jacopo Ortis*）的出版（1802）；随后曼佐尼的历史传奇《约婚夫妇》（*J Promessi Sposi*）在 1827 年首次印行，奠定了意大利长篇小说的永久性成就。

曼佐尼的生平

亚历山德罗·曼佐尼于 1785 年 3 月 7 日在米兰的一个贵族家庭出生。他的外祖父是有名的政治家切萨雷·贝卡里亚侯爵。他起初主要求学于米兰，喜欢纯文学，非常勤奋地阅读，天才的种子逐渐萌发。他在一位他非常尊重的意大利诗人蒙蒂的引领下走上了文学道路。1805 年，他母亲带他去了巴黎，在那里，他常常出入沙龙，而这些沙龙几乎全是理性主义的和伏尔泰式的氛围，在这种氛围的熏陶下，他开始痴迷于怀疑论的学说。但是，这些并没有在他身上形成持续的影响。在这一时期，他与法国学者和文人克劳德·福瑞尔成为好朋友，从那时起以后的许多年里，此人帮助曼佐尼形成成熟的思想。1809 年，曼佐尼回到米兰，同年和新教徒恩里凯塔·布隆德尔结婚。两年后，她皈依天主教，而曼佐尼，受他妻子的影响，再加上与生俱来的那种潜藏不露的爱，也开始跟着她去教堂，后来成为一个虔诚而真挚的领受圣餐者。曼佐尼一直住在米兰地区，1821 年，在那里他写了一首非常有名的颂诗《5 月 5 日》（*Cinque Maggio*），来纪念拿破仑去世，大概在这一时期，他着手创作《约婚夫妇》。当该书于 1827 年完整出版的时候，他举家移居佛罗伦萨，并获得大公爵的恩宠——他用《约婚夫妇》中描绘的场景装饰他的宫殿墙壁——并获得上层社会的政治家和作家的欣赏，比如朱斯蒂、卡普尼、尼可里尼、莱奥帕尔迪等人。不久之后，他返回米兰，然而不幸痛失妻子（1833）和女儿朱莉娅，朱莉娅的丈夫是马西莫·达泽里奥，也是一位小说家。在这一时期的痛苦悲伤中，他的朋友，给了他莫大的安慰。一位是虽然鲁莽冲动却才华横溢的哲学家罗斯米尼，另一位是小说家托马索·格罗西。1837 年，曼佐尼再次结婚。在 1848 年那些动荡不安的日子里，他表现出自己是坚定的意大利爱国者，他鼓励他的三个儿子英勇抵抗奥地利军队，当时奥地利军队正忙着征服他的老家伦巴底地区。伦巴底人失败之后，他主动在马焦雷湖畔的一处乡村别墅隐居，然而 1859 年伦巴底再次解放，他重新受到人们的关注。国王维托里奥·伊曼纽尔授予他荣誉，并给了他一笔养老金，让他能够度过困境。1860 年，他当选为参议员，在宣布建立意大利王国的那届议会中，他起了非常重要的作用。不久之后 1864 年，他在国民大会中投票支持把首都从都灵迁往罗马。他从来没有造访过那座圣城，但在 1872 年，他被推选为罗马荣誉市民，并给市长写信感谢这番盛情，信中他表达了对意大利统一的喜悦之情。曼佐尼在 1873 年 5 月 22 日离世。

诗人兼评论家

在现代意大利诗人当中，曼佐尼的地位很高。除去一些抒情小诗和应景诗之外，他还写过《圣歌》，在这首赞美诗中，他用诗歌的形式表达了基督教的高贵和圣洁，着力强调了慈爱、希望和对人类所有疾苦的最终慰藉；皮特蒙德自由党的斗志雄心和付出的努力都在颂诗《5 月 5 日》和《1821 年 3 月》（*Marxo*，1821）中有所提及。他还创作了两部诗剧《卡尔马尼约拉的伯爵》（*Conte di Carmagno-*

la）和《艾迪尔欣》（*Adelchi*）。这两部悲剧都是意大利浪漫主义的杰出作品，属于意大利语历史剧最早的典范。其中，《卡尔马尼约拉的伯爵》讲述了在 15 世纪，著名雇佣兵船长弗朗切斯科·布索内（人称卡尔马尼约拉）冤死于他的雇主威尼斯人之手的故事；《艾迪尔欣》描述的是在伦巴底发生的事，年代可以追溯到伦巴底国王德西德里乌斯和他的敌人——征服者查理曼大帝的时代。

在曼佐尼的一些不重要的散文作品当中，需要留心的是一些文件。在这些文件中，他探讨了法国的统一体系应用于戏剧创作的有效性（《致肖维特先生的一封信》）和意大利浪漫主义流派的目的。在不同类型的作品中，他讨论了一个争议颇多的问题，真正表达意大利文学的语言形式是什么。他持理智的态度，倡导来自半岛各地的意大利作者使用佛罗伦萨人的语言。

《约婚夫妇》

曼佐尼的代表作自然是《约婚夫妇》，就像我们已经了解的那样，在 1821 年曼佐尼着手写这本书。这部小说的创作及付梓印行共花了大概 6 年时间。不过因为坚守如下信念：佛罗伦萨语言才是有文化的意大利人的标准语言。所以书一出版，他便开始清除其中的方言和法语词汇，结果，在第一版重印了 75 个版本之后，这部作品以纯托斯卡纳语的完美形式于 1842 年再版。小说的主体情节很简单，核心故事是：农民洛伦佐和他挚爱的露西娅好事多磨的婚姻。当地的一个恶霸在臭名昭著的意大利亡命徒的帮助下，想方设法阻挠他们的结合。露西娅所在教区的牧师的任务就是不顾一切主持婚礼，然而在恶霸堂罗德里戈和他那些凶残无比的帮凶的恐吓下，教区牧师不敢为他们主持婚礼。最终瘟疫带走了堂罗德里戈，这对有情人终成眷属。怯懦胆小的教区牧师唐阿邦迪奥，在他高贵的上司、红衣主教圣卡尔罗·伯罗米欧的教导下，为他们主持了婚礼。

曼佐尼坦言他是模仿沃尔特·司各特爵士的写作方法，以历史为背景，使之与当时在文学界占主导地位的浪漫主义情感相契合。他选择了1628—1631年这三年作为小说情节发展的时期，在此期间，西班牙人称霸米兰，再加上可怕的饥荒和瘟疫，意大利的这一地区变得凄凉荒芜，他把人物的活动设定在他非常熟悉的科莫湖与米兰城之间。在开始撰写他这部巨著之前，他仔细研究了有关这场瘟疫及其发生的那一时期的行政事务的著作。紧接着，凭借一个真正艺术家的直觉，在拥有分析人类最微妙情感的能力的前提下，他汇集了许多不同性格的人物，通过这些人物的活动，为我们描绘了一幅反映十七世纪早期伦巴底的生动画卷。

除了但丁和阿里奥斯托，曼佐尼可能是意大利最伟大、最受欢迎的作家。他的作品很快就在国外赢得了认可，德国的歌德、法国的夏多布里昂、英国的司各特，都对他赞赏有加，而且司各特对自己能够被一个这样天赋异禀的天才所模仿而感到骄傲。

戏 剧

drama

戏剧总论

乔治·皮尔斯·贝克[①]

大部分人都有过想要假扮别人或假扮某个其他东西的冲动。从古到今，无论是野蛮时代还是文明时代，在一切语言中，我们都能在模仿行为中看到这种与生俱来的快乐，而模仿恰巧是所有戏剧的核心。模仿的本能造就了演员，想通过模仿创造快乐的冲动而产生了剧作家，而希望以非常典型的描写和令人难忘的对话来提供这种快乐的欲望，便产生了戏剧文学。虽然戏剧文学作品为数不多，但是，以模仿行为来表现的戏剧娱乐，从早期希腊酒神节的有关活动中看到它以来，就在持续进行；从上帝创造人类以来，这种戏剧表演本能就一直活跃着。我们并没有限制戏剧，事实上我们并没有由于不鼓励最杰出的戏剧而局限它的吸引力，然而我们也变相助长了

---

① 乔治·皮尔斯·贝克（1866—1935）戏剧学者，自 1888—1924 年执教哈佛英文系，1908 年发起创办哈佛戏剧俱乐部，1914 年当选为美国艺术与科学院院士。主要著作有《莎士比亚作为一个戏剧家的发展》（*The Development of Shakespeare as a Dramatist*，1907），《戏居技巧》（*Dramatic Technique*，1919）和《现代美国戏剧》（*Modern American Plays*，1920）等。

其中最差的东西存在。1642 年，面临战争的英国议会关闭了一切剧院，禁止所有演出。可是人们私底下修改以前颇受欢迎的戏剧，私下里演出；有人从以前的戏剧中选取幽默的部分，使之平民化，在集市或公共集会上演出。很明显，这种对戏剧的渴望如此强烈，以至于如果民众看不到新戏、甚至连完整的老戏也不能看的时候，他们宁愿选择品质低下的娱乐也不愿接受没有戏剧的日子。虽然接下来的混乱时期并不利于戏剧的发展，但政府还是不得已在 1647 年撤销了这一禁令。哪怕在美国，直到相当晚的时候，在许多社群，人们都是怀揣疑惑来看待剧院的，拉洋片也广受喜爱，共和军的地方组织在南北战争时期曾给热情洋溢的观众奉献了《夏伊洛的鼓手》。现在，许多不去戏院的人也会选择看电影。任何人都不能抹杀像岁月一样古老的人类本能；立法禁止它。只能使好的作品受到压制。我们必须做的事情是：让不想要的东西丧失吸引力。

戏剧和大众品位

这个结果，完全依托于人们对优秀戏剧的广泛喜爱。虽然情况并不像乔治·法夸尔所写的那样："戏剧如同晚餐，诗人是厨师"，但萨缪尔·约翰逊的话仍旧是在描述事实，他说："戏剧的规则是看戏的人拟定的。"奉上这份戏剧大餐的人，是严格按照他理解的大众品味来烹制的，他仅仅是在写戏剧，他并非创作戏剧。试图找准大众的口味，就如同在茫茫大雾的日子里力求击中快速移动的靶心一样。另外，一个公共演说者，如果想要对大众表明他演讲的主题，而大众对相关主题一无所知，他对自己的听众也一无所知，那么，他就必须在他演讲的内容中找出有吸引力的内容，能巧妙地吸引听众的兴趣。剧作家也是如此，他不可能为没有幽默感的观众写一部滑稽戏或喜剧，也不可能给爱笑的公众写悲悲戚戚的故事。假如他的观众对以往的杰出戏剧了解得非常全面、准确，那么，只有他写的剧本称得上是杰出戏剧，观众全神贯注并产生默契的机会才会更大。

如何阅读剧本

在阅读剧本的时候，一直不能忘记，不论哪一个剧本，不管它怎样精彩，如果没有看到它在舞台上的表演，那还是有很大差距的。就像约翰·马斯顿在 1606 年所写："喜剧是用来说的，而不是用来读的，切记戏剧的生命在于表演。"或者如同莫里尔所言："喜剧是用来演的，而不是用来读的。"所有戏剧都是这样设计的：只有通过不可或缺的场景、灯光和表演，才能产生精准的效果。表演指的是演员的姿势、动作和声音。而最重要的是声音，是向观众传达作者思想的一个工具，并且如同音乐一样表现情感。自言自语地读剧本绝对不是好的办法，以至读不出戏剧本来的面目。正是由于读者没有注意到戏剧与其他形式的虚构文学之间的差别，他们便失去了在阅读中本来可以得到的效果。阅读戏剧需要比短故事或小说更用心，我们在想象剧中人物时，剧作家没有通过分析、解释和评论来引导我们。反之，他所运用的，只是少数关于情节发展的舞台指示和他在对话中所选择的简洁精练的词句。遗憾的是，许多读者总是粗略阅读，就如同阅读杂志上的短篇故事一样，没有把剧作家给他们的内容联系起来，而只是剧本中的表面语句。这种阅读剧本的方式不会真正理解它。阅读剧本，首先要在头脑里构想文字所描绘的场景；

然后，用脑子去读，用心去读，必要时要放慢阅读速度，想象剧中的人物登场和离场时的样子。所有优秀剧本的台词所表达出来的意味，都不仅仅是简单浏览所看到的那些。作者之所以刻意用词，并非由于剧中的人物会怎么说，而是因为这样说能推动情节的发展，因为这样的语言比其他语言更能调动观众的热情。应该持有一种共鸣的，而不是批判的心态。阅读剧本的初衷是想象，因为想象了才会进入境界，才会体会到身临其境之感。才会产生激动不已的效果，然后再调动你之前接受的批评训练来判断你欣赏的正确与否。切忌让偏见（不论是道德还是艺术偏见）产生先入为主的判断：阅读的时候尽可能以宽容的心态。一个作家也许会把非常成功地处理某个你从未注意的主题，使你从此开始关注它。他也可能把一个你不可以接纳的主题处理得让人可以认同，并且有助于你。不要因为一个剧本和你所熟知的那种剧本不同就断定它非常不好。就像《哈佛经典》的主编所说："正是这种与其他时代的人的心灵碰撞，才拓宽了饱学之士的视野。"当不同国度或不同时期的一部戏剧最初不受欢迎的时候，不要认为它会始终这样，而是要去探究为什么会有这一结果，例如舞台和观众的状况。这能够把一个看上去好像枯燥无味的剧本变成一部引人入胜、生动活泼的艺术作品。不管怎样，当你读完合上剧本的时候，要认真评判，除非你可以说明对你来说是毒药的剧本对观众而言也是毒药，否则就不要说"这个剧本不好"，而只能说"这个剧本不合我的胃口"。在戏剧史上的一切重要历史时期的题材和主题选择绝对自由，个性化处理手法也绝对自由，以及观众渴求身临其境地欣赏戏剧的热情，都产生重大的成果。假如观众能以上述态度阅读以往的戏剧，把它们看作现代正在上演的戏剧来评判，那么，对于我们的剧作家而言，将是福音。

戏剧的本质

　　然而，戏剧是什么呢？广义上讲，戏剧是所有能够带来愉悦或兴趣的模仿性表演。教堂圣歌中的插段是中世纪最早的戏剧，在这样的表演中，三个玛丽走向圣墓发现耶稣已经升天，在那之后她们高兴地一路前行，三个玛丽彼此之间没有差别。所说的台词配有音乐，只是起说明的作用。在这里，就如同以后的年代里一样，是表演，而非人物塑造起重要作用，设计对话不是为了塑造人物，而只是为了对话而对话。当然，初期的戏剧太直白，太简单，没有太大的文学价值。就好像在十一—十三世纪增加了表现复活、基督诞生或其他《圣经》素材的插曲一样，故事情节也是围绕起初的插曲发展的。为了使人信服这些不同的插曲，不可避免地出现了人物，因为只有人物彼此有差别，其中的某些插曲才可以产生。对话也不再只是说明性的，而开始表现每个人物的个性特征。后来，它便有了吸引力、趣味性、幽默机智，换言之，就是有了自己的特征。当戏剧进行人物塑造的时候，我们也就有了戏剧文学，正是由于这种人物塑造使戏剧成为揭示人类行为和塑造人物形象的对话，而对话本身也具有了魅力。

　　随着时间的推移，剧作家开始注重故事情节，刻画人物，以及对话、情节和人物几乎同样重要的戏剧。优秀的经典剧作中，一切因素——情节、人物和对话——全部融合为一个整体。韦伯斯特的《马尔菲公爵夫人》（*The Duchess of Malfi*）是一个情节剧，展示了大众品位的变化。对一个现代读者而言，他们可能不太关注故事本身，而是对公爵夫人这个人物更感兴趣，最后一幕无疑缺乏趣味。

在约翰逊的《炼金术士》（*Alchemist*）中，主要是人物吸引了我们。谢里丹的《造谣学堂》（*School for Scandal*）和康格里夫的《如此世界》（*Way of the World*）一样，对话和人物同等重要。而在《哈姆雷特》（*Hamlet*）、《李尔王》（*Lear*）、《麦克白》（*Macbeth*）中，故事情节、人物形象和对话完美地结合在一起。

悲剧的本质

人们曾经认为，悲剧和喜剧的本质区别在于素材的不同。德莱顿认为，悲剧讲述的一定是在非常情况下地位尊贵的人的故事，用适合他们特殊情况的语言表达出来。亚里士多德在他的《政治学》中最早提出这个观点，这是他根据对希腊悲剧的观察所得出的结论，后来一些研究戏剧批评理论的学者将之光大，直到它在夸张的英国英雄剧中，和在高乃依及拉辛的一些崇高庄严的悲剧中，得到了完美的表达。十八世纪前三十年，英国的感伤戏剧（Sentimental Comedy），以及相关的法国的"泪剧"（Drama Larmoyant）和德国的"小资剧"（Burgerliche Drama）出现，都表明在各个阶层悲剧都可以存在，从上流社会到底层社会，从受过教育的精英到不识字的平民。

那么，悲剧到底是什么呢？在伊丽莎白时期，人们认为，结局是死亡的戏剧就是悲剧，然而近些年我们逐渐懂得，有时候活着远比死去更具悲剧性。一部戏剧称作悲剧的充足条件并不是呈现悲剧事件，因尽管许多戏剧是以欢乐收场的，但其中也有震撼人心的插曲。那么，为什么我们都认为《哈姆雷特》、《马尔菲公爵夫人》、《钦契》（*The Cenci*）是悲剧呢？是由于在这些戏剧中，人物与自己冲突，与环境冲突，或者和其他人物的性情气质相冲突，通过悲剧性的情节发展，走向最终的灾难，这是我们一个合乎逻辑的结果。所谓的"合乎逻辑"，就是结局是在事件中发展出来的，符合人物的性格。换句话说，这符合我们熟悉的人生经验，或者符合这位剧作家向我们展示的人生经验。

情节剧

有时候一些悲剧环境并非通过人物的刻画来呈现，比如，在表现克丽奥帕特拉的某部戏剧中，特定的场景能使我们感动，即便它并没有呈现一个由于任性和苛刻的爱情最终导致灾难的人物。所以，我们得到的是广泛意义上的情节剧。在这个意义上，在戏剧一开始，人物刻画上的不足就显现出来了。从技术上讲，在十九世纪初这个名词传入英格兰，表示一种源自法国的舶来品，它有着煽情的场景，不时有音乐伴奏。当这种奇特的组合消失后，情节剧这个名称仍旧用来表示那些离奇的情节，而人物刻画不到位的戏剧。

何谓故事剧

故事剧处于情节剧和悲剧之间，大部分情节剧和悲剧都有引人入胜的剧情，然而只有悲剧能用人物的性格对剧情做出合理的解释。故事剧融合了喜剧和悲剧的轻松和庄严，而最终结局是快乐的。《威尼斯商人》（*The Merchant of Venice*）被认为是巴萨尼奥和鲍西娅的故事，很明显它不是悲剧，而是故事剧。但是，假如我们按照现代演员的表现来理解夏洛克的话，我们不禁会发问：它不是一部悲剧么？在这之中有一个非常重要的差别。喜剧和悲剧在素材方面并没有实质性的区别。所有方面都取决于剧作家的创作意图，他通过艺术的设计，设法牵制了观众的视角。夏洛克受审的场景就有力地说明了这一点：对巴萨尼奥的朋友而言，就如同对大部分伊丽莎白时期的观众一样，这种迫害犹太人的把戏令人非常开心，但对夏洛克来说，那就是折磨和煎熬。

高雅喜剧、滑稽喜剧和笑剧的区别

喜剧有高低之别。低级喜剧即滑稽喜剧，和风俗习惯有直接或间接的关系。琼森的《炼金术士》里对不同风俗进行了直接描写，不论是单一特征的人物还是鲜明个性的人物都是如此。展现阴谋的喜剧，大多围绕一个爱情故事展开，涉及由此而展开的情境，然而它的特点是间接地展现风俗人情。《鞋匠的假日》（*The Shoemaker's Holiday*）或许是这类戏剧的典范，也有人说弗莱彻的《竹篮打水》（*The Wild-Goose Chase*）是个更典型的例证。正像乔治·梅瑞狄斯在他那部经典之作《论喜剧》（*Essay on Comedy*）中所说的那样，高雅喜剧处理的是深思熟虑之后的笑声。这种笑声来源于作者让你马上意识到了对照或比较的价值。比如，在《无事生非》中，当我们时常把培尼狄克和贝特丽丝所看到的自我与我们在剧作家具有启发性的描写下所看到的他们进行对比时，恰似高雅喜剧可以让我们放声大笑的时候。

笑剧把虚拟的事看作真实的事来处理，把不可能的事当作可能的事来处理。在第二种情况下，它总会沦为滑稽戏。阿里斯托芬的

《青蛙》（*The Frogs*）形象地展示了什么是滑稽戏。在如今最杰出的笑剧中，我们经常在某个关于人物或情景的荒谬开场进入情节，然后非常合理地走向结局。

戏剧的社会背景

但是，即便我们明白了这些差异，仍旧会发觉，欣赏以往时代的戏剧在开始时还是有一定的难度。从公元 980 年起，现代戏剧通过罗列事件来表现简单的拉丁文开始，发展到了刻画人物，以及剧情发展而呈现人物的感情，一直发展到以英语、法语或德语写出的相似作品。后来，在刻画人物上渐渐获得了很大的发展，直至十五世纪末，一些神话剧和道德剧出现了，赶上甚至超过了直到马洛时代为止的所有英国戏剧。然而在所有这些道德剧和神话剧的后面，是一个还没有分裂的教会。随着宗教改革的兴起及其对个人价值的判断的坚持，说教戏剧开始被娱乐戏剧取代——五幕剧的幕间插曲和开头。但是，就如同伊丽莎白时期和詹姆斯一世时代的一些戏剧一样，在这些戏剧中我们也发现了粗俗的基调和滑稽戏的场景，还有为了情节而编撰的故事，这些经常是不堪入目。除此之外，它们的创作总是忽略我们的观点。它们通过合唱、独白和旁白来说明的方法——在我们眼中有些过时了。除了其中最优秀的经典剧作之外——大部分是莎士比亚的——伊丽莎白时期的戏剧，乍看好像都有些不合常理。只有知道它是在什么情况下发展出来的，我们才能清楚它的真正价值。

即使是埃斯库罗斯、索福克勒斯，或在较小范围内还有欧里庇得斯的经典戏剧，我们最好是在了解了这些戏剧依托的希腊生活以及他们为此而创作的那个舞台之后再去阅读。对于这些戏剧，大多数观众都是带着对它们所表现的那些故事和神话的基本认识去观看的，这和我们以前的人对圣经故事的普遍熟悉相类似。我们应该持有相同的态度来对待伊丽莎白时期那些一直欣赏《罗密欧与朱丽叶》（*Romeo and Juliet*）、《尤利乌斯·恺撒》（*Julius Caesar*）和《哈姆雷特》的不同版本的观众。甚至还有别的剧作家用更现代、更娴熟的手法处理同一个神话，并非由于是新的才这么做，而是由于这是一个新的剧作家在用自己的方式处理一个古老的故事。伊丽莎白时期的观众也持有同样的态度，他们喜欢《罗密欧与朱丽叶》《尤利乌斯·恺撒》《哈姆雷特》的续集。在评判希腊戏剧或伊丽莎白时期英格兰的戏剧时，一定不能忘记这个事实。

当人文主义精神普及，人们渐渐赞同塞缪尔·约翰逊"以广阔的视野从中国到秘鲁审视整个人类"的观点时，戏剧就开始反映这一主题。这个世界开始宽容纨绔子弟和浪荡哥儿的猖狂和放荡，而是开始同情他的夫人、未婚妻或深受其害的朋友。复辟时期的喜剧生动阐释了喜剧与悲剧的区别只是在于表达的重点不同，它摒弃了不假思索的笑声，而投以同情的泪水。然而伤感喜剧所表现出来的心理事实上仍然是传统与浅薄的。正是在十九世纪，对大众来说较为敏感的戏剧经历了巨变。在法国和德国，它跨越了伪古典主义的桎梏。几百年来，戏剧被这种桎梏禁锢在空洞的说教和呆板的人物塑造上，歌德、席勒、雨果、大仲马和阿尔弗雷·德·维尼向我们展现了一个戏剧传奇的历史。而这种浪漫传奇又产生了以科学精神为基础的现实主义，抛弃了旧的价值观。

戏剧中的现代心理学和社会学

对行为、性格、对错，甚至是普遍层面上因果关系的完整审视，我们可以在易卜生和他的追随者的作品中看到。他们深深植根在方兴未艾的心理学，他们坚持本位主义，并在这样的思想支配下，要求理清每一种普遍认同的观念来源或立场。最近半个世纪的剧作家顺利地拓展了戏剧艺术领域，他们从简单的讲故事发展到创作伦理戏剧。经过实践，他们坚信，在非常有限的时间内，一部戏剧最多只能展现一个主题或描绘一种社会现象。他们开始只是描绘场景或提出问题，并非尝试着给出答案。就像我们已经看到的那样，在十八世纪，创作伤感戏剧的作家也展现了社会现象，然而只是根据纯粹的直觉。现在，我们走到了另一个极端，我们发现了剧作家创作空间的狭小，对相互矛盾的心理学理论深感困惑，对错综复杂的人类精神而绞尽脑汁。因此我们肯定地说，人们所关注的较为重要的问题在瞬间解决是不可能的，也不会有任何的捷径。现在的许多剧作家只是描绘邪恶的社会状况，等待另外的人来发现它或解决它，或许，可以找到解决的办法那就再好不过了。高尔斯华绥的《正义》（*Justice*），如同白里欧的《红衣》（*La Robe Rouge*），没有提出任何解决办法，然而两者都改变了所描写的情景——就说前者，是监狱生活的现象，后者则是法国小法官生活中的阴暗的一面。

歌舞剧和电影的威胁

现在，美国的年轻一代狂热地追逐剧院。他们三五成群地涌向剧院——假如剧院这个词除了表示演舞台剧的地方外，还指歌舞剧院和电影院的话，在国内，以往还从来没有这么多人涌向剧院。去老式剧院，人们往往要从很远的地方过来，而且必须先存钱。而歌舞表演和电影的票价非常便宜，几乎每个家庭都可以支付。但它们所展现的东西在艺术上有时就如同价格一样廉价。但也不能说一定没有杰出的歌舞剧，肯定有合适的法律来限制歌舞剧或电影中出现低下污秽的内容。不过也得注意，有一些内在的危险是法律触及不到的。歌舞剧和电影可以更多为人们提供廉价的、舒适的娱乐，与此相比，我们剧院的包厢和楼座里的享用的人则有限。剧院的这种状况一定会影响许多戏剧上演，因为只有当剧院经理一定要赢得相当多的观众，至少比一般情况下光顾交响音乐会的观众多，才可以允许一部戏剧上演。歌舞剧，如同我们在火车上阅读的短篇小说一样，一般只是一个消遣的需要，不需要我们聚精会神。在歌舞剧中，一旦有什么东西吸引我们的注意力，我们就会感兴趣。如果"一个场次"下来，没有可吸引我们内容，我们就会坐着等"下一场次"。我们不用费神费力，因为总会有我们感兴趣的。然而戏剧要求有文学价值，就像我曾经指出的，我们在阅读的时候要聚精会神，要认真地去想象其中的情境。表演戏剧需要很忘我，根据剧情的发展与剧中人物产生共鸣。这些是最基本的要求，对于歌舞训练出身的演员来说可能性不大。同样，电影最多也就是剥离了其他元素只有动作的戏剧。戏剧中最吸引人的东西：声音，也失去吸引力。然而，像电影放映机和留声机这样一些机械装置的组合，在人的意义上，在效果的真实上，在说服力上，能否比得上人——那种在最高水平的戏剧中真正看到和感受到的东西呢？电影放映机和留声机的组合至多也就是弗兰肯斯坦的那台会表演的机器人而已。戏剧文学的确受到了电影和歌舞剧的威胁[1]。

现代教育中的戏剧

早在十六世纪的英国和欧洲大陆，学生表演发音练习受到重视，包括吐字和仪态举止。赫特福德郡希钦公立学校的老师拉尔夫·拉德克利夫以前就为他的学生们写过许多戏剧。先后在伊顿公学和威斯敏斯特公学任教的尼古拉斯·尤德尔，给我们留下了《拉尔夫·罗伊斯特·多伊斯特》（*Ralph Roister Doister*），这是英国戏剧早期的里程碑作品，吸取了早期英国戏剧的实践经验和拉丁文喜剧里有益的内容。在欧洲大陆，父母们在一起充满慈爱地观看孩子们用拉丁语或本国语表演戏剧。现在，在全国各地的中小学，有智慧的教师都用相同的方式引导他们的学生，用多种多样的形式展示他们的戏剧本能。现在的许多中学都有一个小舞台，作为配套的一部分设施，上演一些经典作品和从当代戏剧中挑选出的最杰出的戏剧片断，有时还会有学生们自己创作的剧本。参与这样的表演，不只是在发音、吐字和仪态举止方面有收获，对于经常接触最卓越戏剧文学的年轻人，他（她）的文学水平一定会有所提高。用这种令人愉悦的

---

① 译者注：本文写作于 20 世纪初，当时电影还只是一个新生的事物，当时有教养和品位的阶层对其机械制作的性质表示疑虑和否定是普遍看法。

方式学习戏剧，就会在一定程度上减弱歌舞剧和电影的诱惑。然而必须有广泛的训练范围：我们的年轻人一定要熟悉当代和以往最优秀的作品——喜剧、悲剧、笑剧和滑稽戏。

假如在国内不能真正地理解过去最优秀的经典戏剧，那么永远不要说年轻人的戏剧训练是彻底的。否则，长辈怎么能明白年轻人的想法，因为他们可能没有注意到戏剧所能产生的价值和魅力。年轻人一定会去剧院寻找娱乐，长辈就一定要关心那里提供的是什么娱乐。这是一种很公平的分工。

一年又一年，我们在艾利斯岛①迎接来自世界各地的人们，有些人不是很习惯这里公民的责任，这种责任更适合于一个相对同质的民族，这个民族在几百年来地依托于个人责任的政治力量日渐强大。我们该怎样向这些移民表达清楚，美国生活的多样性意味着什么，为什么让他们融入这个国家呢？为了解答这个问题，社区活动中心在戏剧中找到了很好的方法。南欧人或东南欧人情感丰富，喜欢表演。在社区活动中心，通过精选的戏剧，他们学会我们的语言。

如何评定戏剧艺术的水平

为了对全体人民这种广泛的兴趣给予回应，全国各地的人们都在忙于戏剧这一高难度艺术。为了满足他们的需要，我们的大学纷纷开设戏剧创作的课程，尽管说在十年前这门课还没有开设。然而对这些剧作家而言，早晚都要面对这样一个问题："我到底是应该写一定能够赚钱的戏剧，还是应该坚守我认同的戏剧艺术标准，直到

---

① 译者注：纽约的这个小岛曾经是移民过境检查站的所在地。

我赢得自己的观众呢?"从后一个方面来说,结果肯定是,大部分公众非常理解和热爱以往优秀的经典戏剧,并且在今天的戏剧中看到希望。他们从以往的戏剧中总结出评价现在戏剧的标准,而这些标准经过今天剧作家的实践,又为下一代提供更宽泛的标准。戏剧是一个巨大的文学宝藏,它是从人类种族的永恒渴望中发展起来的。戏剧是一位优秀的社会生活再现者,如果运用得当的话,它可以起到社会教化作用。你压制它只会让更低劣的作品走上舞台。所以受过教育的人一定会试着理解戏剧。但是如果要弄懂它,你一定要认真阅读,带着同情心广泛地阅读。

为了达到这样的效果,如同本丛书所收录的这样一组作品,充其量只是一种激励,促使人们拥有理解更多戏剧的渴望。本丛书所收集的,只是伊丽莎白时期和詹姆斯一世时期很小的一部分。但是,通过数量不多的戏剧名篇,还是可以看见十九和二十世纪的法国、德国、英国、斯堪的纳维亚、意大利、西班牙及俄国巨大的戏剧宝库。现在,舞台上经常上演英国戏剧,其中只有为数不多的作品超越了十七世纪以来的一些作品。年复一年,戏剧在创造历史。在现在的英国和美国,令人惊讶的是,戏剧非常活跃,很有雄心,针对丰富的主题不断寻找最佳表达方式。但是它经常是粗糙的,尤其是在美国。只有等到观众要求它更精细化,更合乎常理地刻画人物,更严格地避免虚假,人们才会知道它多么需要改进。这样的改进,其背后一定都有热爱戏剧的公众做支撑,实现这样的改进,不但要观看今天的戏剧,而且还要广泛阅读以往各个国家和各个时期的戏剧。

舞台与戏剧的关系

所有戏剧的存在都不能离不开表现戏剧的舞台。在一个杰出的时代，戏剧都会使它的舞台服从于它的要求而变得具有可塑性。但在低一层次的戏剧盛行的时期，戏剧则为刻板僵化的舞台让步，让生活去适应舞台，而不是让舞台去适应生活。所以，就好像不同的时期看到同类型的戏剧一样，不同的时期也目睹了不同类型的舞台。在圣歌插段中，教士们在祭坛旁边的高台上表演，后来随着演出形式的不断变化，他们又到了唱诗班屏风前面的空地上，在中殿和耳堂的交汇处，位于教堂穹顶的下面。因为大教堂无法容下许多人，在中殿和邻近的耳堂中，挤满了跪着或站着的虔诚礼拜者。经过几代人之后，教士们就把他们的戏剧搬到了教堂正前方的广场上。那是很好观看位置，最终他们升高了演出的平台。在这个时期，这些戏剧的掌控权已经从教会人士的手里转到了戏剧业的手中。演出搬到了彩车上，它的结构和我们用于游行的彩车不同，有上下两层，底层可以当作更衣室。工人拉着演出车，从早到晚，一站一站地穿过像约克或切斯特这样的城市。每一站都挤满了人，临街的窗户也满是探出的人头，广场的四周搭满了临时座位，屋顶上也都站满了人。相比之下，在欧洲大陆尤其是在法国，舞台的构造和房子的正面、城门相类似，或者是可以很轻松地为奇迹剧搭建巨大的固定舞台的墙壁，建在城里的某个大广场上。所有喜欢看戏的人都蜂拥而至。不应该忘记的是，在剧院还没有出现的时候，舞台指的是某个公共场所的一个露天平台，大小不一，可以移动。假如是活动舞台，就简单地布置一下，后面有一道帷幕，隔出一块空间，能够在里面换衣服，提词人也可以站在那里：没有布景。假如是固定舞台，就需要经过精心设计布置，有搭建表示房屋、船只、城墙等等的布景。然而从表演开始到结束这些东西都是不能动的。房子、城墙等，不需要的时候就忽视它们。

十六世纪，当戏剧演出从同业公会转到演员团体手中的时候，演员们就远离了喧嚣、简陋的公共广场，到旅馆的院子里寻找安全。在那时，旅馆院子的四面都有廊台，和我们现在剧院里的楼座相似。演员在临街入口的对面搭起一个高低不平的台子，在第一层廊台的边缘悬挂一道帷幕，一直拖到舞台上。他们就在帷幕后面的房间里换服装。就这样，他们有了前台和后台。在所有这些高台的上面，还有一层或多层廊台，一般用来代表天国，神和女神在那里出现。院子里站着观众，买高价票的观众坐在侧面或对面尽头的廊台上。

现代的舞台

1576 年，伦敦在主教门外建起第一座剧院，它是圆形的，与纵狗逗牛的竞技场相似。舞台伸入一个围场，后台在楼座下方，演员们其实在重复他们在古老的旅馆院子里早已司空见惯的情景。就像在早些时候，是不可能有布景的，只能是把廊台后面或下方悬挂的那块画布当成是布景。从那之后，伊丽莎白时期的戏剧家所关注的事就是由剧本中的暗示或描写来安排他们的场景。一个世纪以后，一部没有舞台背景的戏剧一定要从自身内部赋予它以真实，抑或是魅力。但是，观众渐渐地喜欢日益精致的宫廷面具表演，他们于是强烈要求剧院经理尽量地复制那种辉煌的、美轮美奂的场景。然而在宫廷戏中，在舞台这样的场景上，位于一个拱门的后面，这和现在的舞台相类似。所以，1590—1642 年，舞台都拱门的后面去了。以后的两百年里，舞台布置得非常精致，后面有画幕，侧屏安装在滑槽里。需要注意的是，在十六世纪下半叶之前，由于照明不方便，演出大多是在白天进行。后来，当夜场演出变为时尚时，一直使用蜡烛来照明，直到有了汽灯给剧院照明带来了光明。大概在 1860 年，背景画幕和彩绘侧屏被一种能够把整个舞台关在里面的所谓厢式布景（box set）所取代。毋庸置疑，麦克里迪、查尔斯·基恩和亨利·欧文爵士的那些华丽精致、颇具想象力的布景已经达到顶峰。但是，戏院老板和戏剧家们仍旧坚持不懈地努力，最大化地把舞台打造得美轮美奂。因为一是现实主义要求舞台要精致；二是，诗剧和幻想剧要求它把我们的想象变为视觉。为了满足所有需求，现代科学的发明给予了戏剧很大的帮助。电的发明为舞台照明提供前所未有的坦途。现在，尤其是在德国，最精美的装置已经出现，它可以用最快的速度更换布景。在其他地方，特别是在俄罗斯和英格兰，在用尽全力激活观众的想象力上激发了技巧和艺术性，它们用暗示，而非细致入微而令人困惑的细节表现来激发观众的想象力。现在，人们经常在舞台上悬挂帷幕，随处装饰一些道具，或者在后面悬挂画幕，给出一切必要的暗示，从而改进过去那种精心制作的布景。现如今最好的舞台变化灵活，反应快捷，与十六世纪单调的舞台形成鲜明对此。现在的舞台反应要求建筑师建造更灵活的舞台，要求物理学家和艺术家把灯光设计得如梦似幻，需要优秀的设计师来给它装饰。总之，在戏剧史上，舞台不断地变化并力求满足戏剧家的需要，现在的舞台变得具有极大的可塑性。

现代戏剧的世界性

　　戏剧不仅在上述方面发生了许多变化。以前，戏剧几乎纯粹是民族性的。那时正是由于一部戏剧带有本土的味道，它在其他地方才不容易被人们理解。十九世纪七十年代，于美国民众而言，小仲马和奥日埃的戏剧就是如此。现在，随着人们的旅行越来越方便快捷，国家之间的交流方式越来越多样化，使得观念的交流变得非常快捷，如今在莫斯科、圣彼得堡、斯德哥尔摩、巴黎、伦敦或马德里那些杰出的戏剧很快在世界范围内交流，并把不同的国家联系在一起，不同国家的共同利益不断地增加，思想和道德的教育也从国家性的变成世界性的。所有这一切，使得一个世界性的民族化问题处理都会引起人们的兴趣，以至整个世界对本土问题都产生了浓厚的兴趣。这是世界发展中最明显的变化，这种自由思想交流会使一个民族能够理解另一个民族的幽默感。

　　现在的戏剧已经成了世界性的。在百老汇能够看到莱恩哈特为柏林的剧院构思的作品，而巴黎和柏林能够看到百老汇的《命运》（*Kismet*）。百老汇对高尔基、白里欧、施尼茨勒非常了解和熟悉，英国和美国的戏剧在欧洲大陆也有许多青睐者。经过了两代人的努力，戏剧一直在践行它的信条："我属于人类"。现在，戏剧获得了这一权利。在每一个地方戏剧都以精致细腻的特点引起观众的共鸣，受到热烈欢迎。它反映了社会，用快乐和悲伤向人类展示了这个美好的世界。

希腊悲剧

查尔斯·伯顿·古立克[①]

"drama"（戏剧）这个词是希腊文单词，是"行为"的意思——或者，就好像希腊人对它的用法的限制那样，指的是我们眼前所发生的行为。他们用这种方式，把剧院里上演的戏剧和历史或史诗中的行为加以区分，就像希腊人所理解和书写的那样，历史和史诗都具有高度的戏剧性。

希腊戏剧史的三个发展时期，大体上符合三个世纪。公元前六世纪是准备阶段；公元前五世纪目睹了雅典天才的百花齐放；公元前四世纪即所谓的新喜剧时代，主要受欧里庇得斯的现实主义的启发，初步形成描绘风俗习惯、家庭生活和社会时弊的喜剧类型。

---

① 查尔斯·伯顿·古立克（1868—1962），古典学家，哈佛大学希腊文学教授。主要作品有《古希腊人的生活》（*The Life of the Ancient Greeks*，1902）等。

希腊戏剧的起源

查看任何一部戏剧，马上就能注意到合唱的显著地位。为了探究这一点和戏剧结构中的其他特征，我们一定要追溯悲剧和喜剧的起源。

这样的探究，虽然必定是半途而废，但是不可或缺，由于正是希腊人的成就，古往今来各个国家所熟知的那种戏剧才得以发现和发展。

戏剧是在宗教中兴起的。在希腊人的观念里，戏剧来于对狄奥尼索斯的崇拜，狄奥尼索斯是阴间的神祇，是最晚进入希腊万神殿的神，他的故事不仅充满了胜利和喜悦，也充满了苦楚。他代表了自然力量，他既是葡萄神，也是酒神。在葡萄收获节上，乡民们以载歌载舞的方式来赞颂他。他们把酒渣涂抹在脸上，把山羊皮披在身上模仿山羊的模样，扮成酒神的仆人，被称作萨梯（satyr，森林之神）。所以，他们吟唱的歌曲（tragoedia）是"山羊之歌"（tragoi），后来才变得庄重起来。公元前七世纪末，科林斯的诗人阿里翁出于个人目的改编了这首民歌，并以赞美酒神歌的名义，赋予它文学声望。这首歌有很多形式和内容上的变化，但是它独有的哀婉感伤不变。合唱部分在讲到酒神的故事时表现了喜悦的呐喊，或是同情与恐惧感情的集中爆发。副歌部分在重复相同的词句，一直穿插在里面。

酒神赞美歌始终是纯粹抒情的，直到公元前六世纪，不知道经过何人之手，它经历一次意义非凡的改变。有个天才，可能是泰斯庇斯，想出了这样一个办法：在礼拜者合唱队面前扮演酒神或者与酒神神话相关的英雄。他戴着面具，拿着其他符合其特征的道具，和合唱团的领唱对话，总是被合唱队的评说打断，同时伴着舞蹈和不同的姿势。

在所有欧洲文学中人们对泰斯庇斯的名字很熟悉，他是伊卡里亚岛本地人，出生于阿提卡的位于潘特里科斯山脚下的一个村庄。很多年前，一些美国探险家发现了这一地区，至今人们把它称作狄奥尼索斯。它位于通往马拉松的山谷，稀疏的废墟被橄榄林和葡萄园掩映着，根本看不出是欧洲戏剧的发源地。公元前六世纪下半叶，泰斯庇斯曾在这里进行演出。

他的作品无一存世，起初也许只是简略写了大概，走的是即兴创作的套路。亚里士多德说，这种方法在戏剧的早期阶段非常流行。

最早的剧院

公元前五世纪从真实姓名开始表现了更多的进步，向着令人敬仰的目标前进。这时，城市已经有庆祝乡村酒神节的习俗了。早在公元前六世纪中期，酒神就被人们用隆重的仪式迎请到了雅典，并且在雅典卫城的东南开辟一处地方，专门供奉他。在他的神殿旁边，人们修整出了一块地面，搭建了一个巨大的圆形舞台，中间有一个祭坛，观众在雅典卫城的斜坡上排成队。神殿就位于圆形舞台的对面，和舞台隔着一段距离，神殿后面的伊米托斯山便成为一个遥远的背景。除了自然景观之外，没有任何布景，不久就形成了一个惯例，来自雅典城内或邻近地区的演员从观众的右边入场，而来自一些遥远地区的演员则从左边入场。

初期的悲剧作者们需要给演员谱写乐曲，设计舞步，教合唱队唱歌。那个时候只用一个演员，这位演员在旁边的棚屋里更换面具和服装，扮演不同的角色。他的对话者是合唱队领唱，扮演着更重要的角色，假如我们依据埃斯库罗斯的戏剧来看的话，最初期的诗人之一普律尼科司（Phrynichus）用他崇高的爱国主义精神、愉悦的抒情诗、聪慧的创造力——他运用历史题材，例如《米利都的陷落》（*The Fall of Miletus*）——以及在分配给男演员的角色当中引入女性角色而闻名于世。就像亚里士多德说的那样，进步是缓慢的，试探性的，但有一点非常明确：观众并不喜欢过多地违背宗教起源和演出场合所限。保守派不断地抱怨说："这和狄奥尼索斯根本没关系"，试图使作者不敢盲目地背离传统，悲剧的崇高目的和严肃性更多的并不在于其开端中潜藏的萌芽，而是要归功于当时诗人们的庄严意识和深刻的宗教信念，那个时候，与波斯之间的冲突一触即发，其重要给他们留下了深刻的印象。

悲剧之父：埃斯库罗斯

埃斯库罗斯出生于希腊圣域附近的埃莱夫西斯，在马拉松打仗的时候正好三十五岁，祭祀得墨忒耳、珀尔塞福涅和狄奥尼索斯的宗教仪式就是在这里举行。这些仪式对他的心灵产生一些影响，也影响了他的戏剧创作和对宗教的理解——比如罪和神的正义。从外在影响的角度来看，埃莱夫西斯的祭司们华美的祭服使他产生了改进演员服装的想法，同时正是他自己的天赋，促使他迈出关键的一步，使他成为"悲剧之父"。下一步就是开始引入第二个演员，这使得呈现两个具有鲜明对比的人物、两组观念或目的成为可能，并在合唱队和观众面前呈现冲突。据黑格尔说，悲剧的本质正是这种理想的冲突。

酒神赞美歌是相对比较短的作品，因此初期的悲剧也比较短。当他的才华不断增长的时候，有一点变得非常突出：在一出戏的范围之内不能够处理完一个主题，于是出现了在三联剧中处理一个主题的惯例，在此基础上，后来又加入了一出森林神的戏（与酒神节有关）。在这出戏里，合唱队充当森林神的角色，如同在古代一样。所以，在如今唯一存世的一部三联剧《阿伽门农》（*Agamemnom*）、《奠酒人》（*Libation-Bearers*）和《复仇女神》（*The Furies*）中，犯罪，转罪和恕罪的宏大主题有了开端、中间和结尾的完整部分。《被缚的普罗米修斯》（*Prometheus Bound*）很明显不完整，我们失去了这部三联剧中反叛的提坦与他的死对头宙斯之间实现和解，使宙斯的正义得到彰显的那部分。

《哈佛经典》中收集的所有希腊戏剧都产生于雅典打败波斯之后的扩张时期。诗人、画家、雕塑家一起赞颂希腊的成就，他们使欧洲在千百年的时间里摆脱了对东方专制统治的恐惧。由于探险和贸易，新的财富被带入了当时控制着海域的阿提卡。诗歌和戏剧天才的集中爆发，在历史上只有摧毁西班牙无敌舰队之后的英格兰可以与之相比。

索福克勒斯

悲剧作家索福克勒斯是最纯正的古希腊人的代表，萨拉米斯战役获得胜利的那一年他只有十几岁，他英俊潇洒，聪明机智，是第一个在剧院里运用新希腊艺术的剧作家，是他引入了布景画。在这之前，哪怕是埃斯库罗斯，也一直局限于在表演区中央放一个祭坛，神像远离观众。索福克勒斯现在建起了一座背景建筑，观众面对的是一座宫殿或神庙的正面，中间有一道门穿过，两边的人可以停留在此。埃斯库罗斯的这一举动，使我们看到了，虽然《阿伽门农》的场景简单，但与初期的条件相比，已经是一个非常大的进步。索福克勒斯还把合唱队从十二人增加到了十五人，确保了声音足够大，和动作和姿势的多样化。从那以后，我们发现，演员的重要性越来越显著，索福克勒斯把演员增加到了三个。

欧里庇得斯

不管是说戏剧创作的资源还是他处理的道德问题，在欧里庇得斯身上，我们看到了勇敢的创新者，但是，他却无法彻底摆脱传统。有个奇怪的现象，这一时期最后一部戏剧《酒神的伴侣》（*The Bacchae*）又回到了最初悲剧的主题：狄奥尼索斯打败了那些迫害他的人。然而欧里庇得斯的表现手法使得他的一些设计受到了严厉的谴责。他的人物形象不再是神，情节发展中的推动力也不再是神的力量。他们是普通的人，经常被卑贱而琐碎的劳动所驱使，令人怜悯。在亚里士多德眼中，他是最具有悲剧性的人物，他的戏剧最容易打动人心，由于他的角色都是普通人。悲剧的效果——怜悯或恐惧——越来越真实，受难者和观众也同样都是凡人。在情节上，他的技巧无法与索福克勒斯的作品相比，有时候他希望能有出乎意料的机遇，解开他自己所系的复杂结扣。但是，即使是神的出现，就如同在《希波吕托斯》（*Hippolytus*）的结尾中那样，也由于其壮观的效果而显得合乎情理。

伊丽莎白时期的戏剧

威廉·艾伦·尼尔森[①]

当欧洲那场被称作"文艺复兴"的伟大运动到达英格兰时，戏剧对其进行了最充分、最持久的表达。一连串事件发生使得这一艺术和思想的推动力在一个重要时期影响了英格兰人民。那个时候，这个民族正在经历一次急剧的扩张，民族精神高涨，语言和诗歌达到了发展的顶峰，使得这个国家取得了有史以来最为鼎盛的文学成就。

莎士比亚之前的戏剧

纵观中世纪，如同其他欧洲国家一样，大多英国戏剧也具有宗

[①] 威廉·艾伦·尼尔森（1869—1946），作家、学者和教育家，先后于 1900—1904 年和 1906—1917 年间在哈佛大学任教，1917—1939 年担任史密斯学院的校长。主要作品有《诗歌的要素》（*Essentials of Poetry*，1911）、《关于莎士比亚的事实》（*The Facts About Shakespeare*，1913）和《英国文学史》（*A History of English Literature*，1921）等。

教性和说教性。戏剧主要采用宗教剧的形式，表现为简单的对话故事，源自《圣经》和圣徒传；还有道德剧的形式，通过讽喻和抽象的拟人化的方式，传授指导生活的训诫。这两种手段有极大的局限性，没有用广阔而多样的笔触来描写人类生活和人性。随着学术的复兴，开始学习模仿古代经典戏剧，在一些国家，这被认为是未来流行的戏剧类型的主要因素。然而在英格兰，虽然我们能够追踪到塞涅卡和普劳图斯的典范之作在悲剧和喜剧中所产生的效果，然而伊丽莎白时期戏剧还是具备本土性的特征，集中反映了当时英国人的兴趣爱好和精神面貌。

历史剧

在众多形式的戏剧中，所谓的历史剧最先达到顶峰。这一戏剧的代表是马洛里的《爱德华二世》（*Edward II*），后来莎士比亚创作了十部相同类型的作品。这些戏剧反映了伊丽莎白时期的人对本国英雄的历史的热爱。在这类戏剧尚未流行时，舞台上上演的几乎都是前三百年整个英国的历史。作为一种戏剧艺术的形式，历史剧有许多不足和局限。并不是所有历史事实都适合用戏剧来表现，尝试把历史与戏剧融合常常会让两者都受到伤害。但令人惊奇的是，剧作家往往利用这种研究人物的机会，例如马洛里悲剧中的国王，像莎士比亚的《理查三世》（*Richard III*）中的那种真实的戏剧结构或者像《亨利五世》（*Henry V*）中表现的精美语言和民族精神。不应该把这些戏剧与现代戏剧的现实主义作比较，以此对它们进行评价。剧作家想尽办法给演员优美的词句，而不是故意模仿现实对话的举止仪态。而且，假如故事讲得饶有趣味并有吸引力，就不必再寻求幻想。假如说这可能会有所损失，那它同时也有可能造就精美的诗歌。

伊丽莎白时期的悲剧

悲剧的早期发展与历史剧密切相关，然而在寻找主题的过程中，剧作家们很快就放弃了事实，人们为呈现悲剧主题而搜遍了虚构叙事的整个领域。虽然塞涅卡的戏剧在某种程度上诠释了某些特征的流行，比如鬼魂和复仇动机，然而莎士比亚从马洛里和基德这些人的尝试中发展起来的悲剧形式，真正是一种完全不同的、新的形式。比如抛弃了时间和地点的统一性，悲剧与喜剧完全分离等等的古典束缚，产生了一系列戏剧。虽然总是缺乏制约，缺少统一的风格，但展现出一系列被痛苦和罪孽所影响的人类生活的情景，从其丰富性、多样性和想象力的角度来看，堪称史无前例。

莎士比亚是最优秀的悲剧大师，在悲剧领域他达到了顶峰。他最杰出的作品有《哈姆雷特》《李尔王》和《麦克白》，它们代表了英国天才最高贵的巅峰。其中，《哈姆雷特》也许是它所产生的那个时代最受欢迎的戏剧，它所引发的兴趣和讨论，可能是其他时代或其他国家都没有过的。

这在某种程度上要归功于其中的独具魅力的诗歌、跌宕起伏的情节，以及栩栩如生的人物形象。作者非常巧妙地把个性与一般的典型特征结合了起来，让全世界各个种族的人们为之倾倒。但更大程度上还是要取决于主人公的塑造，其人物的性格和复杂的动机，成为给我们探索奥秘的能力挑战。《李尔王》的魅力，更多的并非激发人们的好奇心，而是它那种以非常强烈的痛苦展示给我们战栗敬畏的力量，这种痛苦或许是人类的愚蠢和邪恶所致，是人性应该承受的。虽然其动机错综复杂、繁枝末节较多，然而其对我们所产生的影响是非常强烈的。相较之下，《麦克白》是一部相对简单的戏，但你在任何其他地方都不能找到比它更精彩地对道德灾难的描写，这样的道德灾难降临在那个看到了光明、却选择了黑暗的人身上。

虽然是第一人，但决不仅仅是莎士比亚一人创作出伟大悲剧。和他同时代或稍晚的人有琼森、马斯顿、米德尔顿、马辛杰、福特等，他们全都创作出了非常优秀的戏剧。然而在悲剧性的强烈程度上，约翰·韦伯斯特（John Webster）的《马尔菲公爵夫人》是一个最好的范例，他使人产生恐惧和怜悯，尽管他的范围题材远逊于莎士比亚，但他遣词造句的能力无人能及，这些语句总是在激情迸发的瞬间，把一束灿烂的阳光投射进你的心灵深处。

伊丽莎白时期的喜剧

就喜剧的性质而言，我们不需要它深刻地挖掘人的动机，也别寄希望它能引起我们内心深处的同情，就如同我们在悲剧中所发现的那样。喜剧传统上的大团圆结局，使它不能像严肃戏剧那样忠实地呈现生活。但是，莎士比亚的喜剧并不肤浅，他在中期创作的那些作品，例如《皆大欢喜》（*As You Like It*）和《第十二夜》（*Twelfth Night*）不但以超凡的技巧展现了人性的诸多方面，而且还用无比轻快和优雅的手法，给我们展示了他塑造的那些极具魅力的人物，他们那些富有诗意的台词，透着幽默机智的光芒，把一系列使人快乐的场景呈现在我们面前。与之相比，《暴风雨》（*The Tempest*）更让我们认识到了初期戏剧的魅力，同时又洋溢了作者的成熟与智慧。

《炼金术士》是本·琼森的代表作，是莎士比亚从来没有涉及过的现实主义喜剧。它是对一千六百年前后伦敦流行的各种不同的骗术（炼金术，占星术等等）的真实讽刺。情节设计得严谨而巧妙，作者由此而声名大噪，它的趣味性主要是对于那个时代描绘。并且，它还穿插了一些十分优秀的诗歌，比如在伊壁鸠·马蒙爵士的演说中。德克的《鞋匠的假日》基调更轻快，让我们发现伦敦生活的另一面。琼森和德克为城市所做的事情，恰好也是马辛格在他最著名的戏剧《旧债新还》（*A New Way to Pay Old Debts*）中为乡村所做的事情。除了莎士比亚的作品之外这部戏是一直上演到现在的伊丽莎白时期的戏剧。如同琼森笔下的人物一样，马辛格的人物多数是典型人物的化身，与莎士比亚戏剧中的人物相比缺少个体存在。但是这部戏有激发情感的力量，也不失道德意义。博蒙特和弗莱彻的《菲拉斯特》（*Philaster*）如同《暴风雨》一样，也属于浪漫戏剧（因为其皆大欢喜的结局）。这类戏剧理应属于喜剧，然而也包含了几乎是悲剧格调的段落和插曲。在刻画人物上不像莎士比亚那样逼真，但个别场景所呈现的艺术效果让我们折服，在人物对话中穿插着极富魅力的诗句。

在世界史上，时代精神能像伊丽莎白时期的精神那样在戏剧中得到了恰如其分的表达是很少有的；很少有一种文学形式，我们可以如此完整地看到它的发展、成熟和衰落。然而，除了这些历史因素之外，我们之所以被莎士比亚及其同时代人的戏剧所吸引，还由于他们对人类的深刻认识和同情，由于他们所表现出来的痛苦和快乐、罪孽和尊贵的可能性，由于他们展示故事的艺术技巧给我们带来的愉悦，还有他们的剧本中的优美诗篇。

浮士德的传说

库诺·弗兰克①

浮士德传奇是许多匿名作者的通俗传说的集合体，多数来自于中世纪，在十六世纪下半叶和一个名叫浮士德的真实人物联系起来，这个人是一个伪科学骗子、耍把戏的巫师，他在十六世纪前四十年有一段声名狼藉的经历，在德意志的每个地区都可以发现。这些故事最早的一个版本是 1587 年的《浮士德书》（*Faust Book*），具有明显的神学内容。它把浮士德描写成一个罪人和败坏道德的无赖，把他的经历——与恶魔靡菲斯特订立契约和后来被罚入地狱作为一个例证，来证明人的贪婪本性，并作为一个警示，告诉人们要坚持基督教救赎的正统方式。

---

① 库诺·弗兰克（1855—1930），教育家和历史学家，1884 年应邀到哈佛大学教授德语，1896 年被哈佛任命为历史和德国文化教授兼日耳曼博物馆馆长。主要著作有《德国文学中的社会力量》（*Social Forces in German Literature*，1896）、《现代德国文化管窥》（*Climpses of Moderm German Culture*，1898）、《德国文学史》（*History of German Literature*，1901）和《德国精神》（*The German Spirit*，1916）等。

伊丽莎白时期的《浮士德博士》

根据 1588 年出版的英译本《浮士德书》，马洛创作了悲剧《浮士德博士》（Dr. Faustus，写于 1589 年，出版于 1604 年）。在马洛的戏剧中，浮士德被描写成一个典型的文艺复兴时期的一个冒险家，一个渴求巨额的财富、力量、享乐和世俗声名的超人，拥有很难被打动的铁石心肠。靡菲斯特是中世纪的魔鬼，冷酷而凶残，专门引诱别人，根本不懂人类的企盼。特洛伊的海伦是个女恶魔，是摧毁浮士德的终极杀手。浮士德的一生几乎没有什么伟大的成就。在靡菲斯特的帮助下，浮士德表演了很多魔术、戏法和奇迹，没有一样涉及深层的生活意义，大部分只是虚荣和消遣。契约的从始到终，几乎没有什么可以让浮士德的内心靠近天堂或地狱。然而剧中有个性坚毅的人物，有着跌宕起伏的紧张情节。在浮士德最后那令人恐惧的极度痛苦毁灭中，我们感受到了人类的悲怆和荒谬。

德国民间戏剧的传奇故事

十七世纪德国表现浮士德题材的民间戏剧和它的衍生品——木偶剧的代表作品是马洛的悲剧和 1587 年的《浮士德书》，虽然里面包含了一些原创情节，特别是开始的魔鬼会议。但是，潜在的情绪依旧是对人类的不计后果和穷奢极欲的愤恨。在有些戏剧里，通过大胆而不满的狂妄不羁的浮士德和那位跟他演对手戏的卡斯帕勒的诙谐、快乐而满足之间的鲜明对比，突出了野心勃勃的虚妄。

在最后一个场景中，当浮士德在悔恨和绝望中等待午夜钟声的敲响（那是他生命结束的钟声）时，守夜人卡斯帕勒在城里的大街小巷打更巡逻，吟唱着传统诗篇告诫人们要恪守规矩。

到十六、十七世纪，浮士德成了一个罪人和反叛者，违背生活的永恒法则，对抗神性。他摧毁了美好的自我，毁灭了自己。到十八世纪，他不再以这样的形象出现。因为十八世纪是浪漫主义和理性主义的时代；极力颂扬人的理性和情感；当时的口号是人的权利和尊严。浮士德被当成是张扬人性的代表，自由和真理的捍卫者。是人类为生命而奋斗的 个象征。

莱辛的版本

正是莱辛给浮士德传说带来这次转折。《浮士德》力求捍卫理性主义，然而很遗憾，它只包含少量零碎的概括。其中非常重要的片段是这部戏剧的序曲：一次魔鬼会议。撒旦正在听部下的报告，描述他们给上帝的国家造成的损害。第一个报告的魔鬼说他放了一把火，烧了一个虔信的穷人的棚屋；第二个魔鬼报告说他让一支高利贷者的舰队葬身大海。两个魔鬼都让撒旦觉得憎恶。他说："虔诚的穷人更穷，只会把他和上帝更牢固地联系在一起。而放高利贷的人，如果不让他们殒身大海，而是让他们至达航行的终点，他们就会在遥远的彼岸制造出新的罪恶。"

令撒旦满意的是第三个魔鬼的报告，他偷偷地亲吻了一个年轻而纯洁的女孩，因此把欲望之火带进了她的血液。由于他在意识里制造了罪恶，而且这罪恶不断，与在肉体里作恶相比，这对地狱来说是一次侥幸。然而撒旦给予赏赐的，是第四个魔鬼。他有一项计划，"从上帝那里夺走他的宠儿"。而浮士德就是上帝的宠儿，"一个孤独落寞、喜欢沉思的年轻人，除了对真理的激情之外，他放弃了一切感情，全身心地专注于真理，完全为了真理而活着"。从上帝那儿夺走他，是一次胜利，整个黑夜王国都会因之雀跃。撒旦沉迷于这个计划，与真理对抗正是他的本质。所以，必须摧毁浮士德，并且用他的理想摧毁他。"他不是渴望获得知识么？这可以使他毁灭！"他对真理的渴求会使他堕入黑暗。在欢呼声中，魔鬼们散去了，紧接着开始他们的引诱计划。就在这时，神的声音传来："你们不会得逞的。"

歌德的剧本大纲

必须承认的是，歌德关于浮士德起初的构想，也就是1773—1774年的《浮士德初稿》（*Urfaust*），他在"狂飙突进运动"时期构思的浮士德从根本上说是个浪漫主义者。歌德是个梦想家，希望真的见到上帝，希望弄清楚自然的内在规律，醉心于宇宙的奥秘中。然而他也是一个放浪的个人主义者，鄙视人们普遍认同的道德，与格雷琴之间的关系除了导致悲剧性的结局外，很难看出还会什么其他的结果。只有歌德在十八世纪的九十年代末构思的《浮士德》——这个版本是他第二次构思——才打开了广阔的视野，看到了生活的高度。

这个时候，歌德完全不同于七十年代那个轻率的年轻人，他正处于创作的成熟期，创造的激情一触即发。他同时也是一个政治家和哲学家。在魏玛的宫廷里他目睹了家长式统治的范式，保守但带有自由主义倾向，热衷于高雅文化。在与冯·施泰因夫人亲密的精神交往中，他那如疾风骤雨般的感情有了一个可以停靠的港湾。在旅居意大利期间，他体验到了古典艺术的神奇。在研究斯宾诺莎和他自己的科学研究中，他更加坚信完全一元论的世界观和对普遍规律的信念，这一普遍规律使得恶本身成为善的一个组成部分。席勒的实例和他的自身经历，使他明白：无拘无束、率性而为的生活，必须与为人类的共同幸福而努力工作相结合。所有这些都在1808年完成的《浮士德》第一部中得到反映，并在第二部中得到最充分的表达，那是即将逝去的诗人留给人类的遗产。

坚持不懈地努力，勇往直前奋斗，生活领域从低层次到高层次，从肉体到精神，从享受到工作，从信念到实干，从自我到人类——这是歌德最后完成的那部《浮士德》所经历的心路历程。我们在这里看到的浮士德，是一个勇敢的理想主义者，他虔信上帝，遭到鄙视理性、讥讽唯物论的靡菲斯特的引诱。但我们从上帝的口中听到，诱惑者不会得逞。上帝允许魔鬼胡作非为，因为他明白，他会让魔鬼的计划失败。浮士德虽然会误入歧途——"人在奋斗中犯下的错误"，然而他决不会放弃他的理想。在经历了迷途之后，他会找到他的本质指导下的正确道路，他不会含垢忍辱。尽管在与靡菲斯特缔结契约时，他那根深蒂固的乐观主义依旧。浮士德与魔鬼打赌，不过是一时的失望之举，他不渴求从中得到什么，他坚信他一定会赢。他明白，肉体享乐不会使自己满足。如果醉心于自我满足，他就不可能有机会说："请留步，你真棒！"从一开始，我们就能够感受到，通过履行契约所规定的款项，浮士德不会受到它的影响；通过激情和世俗经验的较量，他得到提升和壮大。

整个戏剧中的所有事件和所有人物，都成了构建这个宏大而复杂的人物的背景。瓦格纳和靡菲斯特，格里琴和海伦娜，荷蒙库鲁斯和欧福里翁，皇帝的宫廷和希腊过去的影子，中世纪神秘主义的幻想和现代工业主义的务实上进，十八世纪的开明专制和未来的理想民主——这一切，还有更多东西，都在浮士德的生命里，他大步前行，一个一个的经历，一项一项的任务，用行动来救赎，即使不断失去自己，又不断重新找回自我。晚年被"忧愁夫人"吹瞎了眼睛，但他体会到内心的光亮在闪烁。临终时，他遥望着远方。即便在天堂他也不断地向更新、更高、更美好方向攀登。正是这种永不松懈的奋斗精神，让歌德的《浮士德》成为现代人的经典。

随笔与批评
essays and criticism

随笔与批评总论

布利斯·佩里[①]

一切文学形式当中，最不拘一格的莫过于随笔，从其所涉及的主题来看，除了抒情诗之外，范围最宽泛的，还是随笔。但是有一个主题，能激发人类永远的兴趣，随笔作家永远钟情于它，总是能找到新东西可说。这就是"书"和"读书"的主题。在这一永远吸引人的主题的随笔当中，一直存在对文学判断的表达，这种判断所传达的，是种族和民族的信念，是在一代人或一个流派当中占主导地位的观念，或者是个人的喜好。这些判断，在适当的搜集和分类之后，成为文学批评史的资料。诚然，大多数划时代的批评文献事实上都是随笔，不论是从文学形式，还是从性情气质的角度来看。

[①] 布利斯·佩里（1860—1954），美国学者和编辑家，1907—1930 年执教于哈佛大学。主要著作有《沃尔特·惠特曼，其生平与作品》（*Walt Whitman, His Life and Work*，1906）、《美国精神》（*The American Mind*，1912）、《文学中的美国精神》（*American Spirit in Literature*，1920）和《诗歌研究》（*A Study of Poetry*，1920）等。

随笔在文学评论中的地位

就批评学说的形成和不朽而论，随笔的重要性不言而喻，你只要打开文学批评史就会发现：从亚里士多德时代以来，论述艺术（包括文学）的专著不断涌现。就像我们所知道的那样，在十八世纪下半叶的德国，美学得到了发展，在形式上，它是康德及其他很多哲学家的哲学体系中非常重要的组成部分。然而这些论述涉及并分析了自然界和艺术作品中所存在的美，可阅读并研究它的主要还是思想家和学者，而非普通读者。而像歌德、席勒和伯克这样的一些天才人物，有能力以随笔形式来论述美学理论的哲学基础，并使得它们对一般读者而言也颇具吸引力和教育意义。然而通常情况下，论述艺术和历史的专著，只能吸引一定数量的读者。真正让一般读者凝神静听的论述，是一些有出色才华的人，在批评或捍卫某个文学原则的行动中，在给著作或戏剧撰写序言时，或者是在某篇对话、小册子或短文中提出一个有关美的新论点、一种诗歌或散文理论里偶然发表的意见。

什么是随笔

想要弄明白真实的批评的历史，你不得不研究随笔。它是一种不拘一格的高度个性化的文学形式：有时候和餐桌旁的长篇大论或亲密交谈相类似，有时候又是一封写给朋友的信。在此处，它是某个哲学理论的大段文章中一个闪光的片段；在彼处，它是一小段逆论、质疑或猜想的结晶。在这里，它是某场关于悲剧或喜剧的历史性大讨论的反响；在那里，它是某个新观念所带来的一场喧嚣。然后，过段时间，这一新观念就会随着各种学说的波浪而摇摆。它会受民族特性或历史期刊样式的影响而改变自己，就和别的文学类型一样，在一定条件下经历着变化和发展。它可能在一个时代盛行，而在另一个时代则震落，但是，就如同戏剧和抒情诗一样，随笔也具有长久存在的品质。

批评随笔

对文学批评感兴趣的读者不久就会发现，对于在不同的人或时代之间交流文学理论而言，随笔是一种非常便捷的途径。虽然"批评随笔"一般也符合"随笔"的易变规律，然而它常被用于特殊的目的。它面对的是评论意见的出现、再现和消失，它以一种非正式的但同样有效的方式，记录了欧洲对一些作品的评判。例如，查尔斯·兰姆的《论莎士比亚的悲剧》是这种类型"随笔"的一个非常好的例子，它是个性化的、即兴的。它以这样一句话开始："那天，我正在修道院里散步，忽然被一个人装模作样的姿态所吸引，我不记得以前是否见过这个人，仔细端详之后，原来那是著名的加里克先生的全身像。"然后，兰姆用一种看似很质朴的手法，从演员的动作和技巧，自然引出一个深刻的问题：在舞台上能否充分表现哈姆雷特和李尔王的个性。这篇个性化的文章，以它的奇思妙想和别出心裁，一步一步深化，成为一篇很高水平的批评随笔，它明确阐述了英国人本身对英国最伟大诗人的态度。

相似的是，维克多·雨果为他的戏剧《克伦威尔》撰写的序言也是个性化随笔的最佳样本，这篇随笔为捍卫作者自身的文学观念而"大放议论"。然而这一信条后来正是年轻的法国浪漫主义者们的文学信条。他们汇聚在《克伦威尔》序言的周围，就如同士兵们在旗帜的周围集合一样，这篇文章成了一场批判古典主义新运动的具体化身，成为现代欧洲文学史上一份具有重要意义的文献。

随笔中的民族性格

我们上面提到的这两篇文章，从其品格来看是个性化的，但是，因为它们代表了一代人或一个流派所推崇的学说而意义倍增。你可以根据年代顺序，将它们作为民族观点的标志进行研究。这样你能够发现，在伊丽莎白时期，在十七世纪以后，英国的批评随笔反映了在英国人对欧洲批评理论接受的过程。虽然当代学者研究提供了素材，然而并非每一篇英国批评随笔都是以个人风格为特征，也不以特有的尖锐的批评为特征。诸多毫无特色的书评，例如许多关于作家、关于戏剧及一些当代艺术形式的风言风语，往往是极具价值的例证，由此可以发现英国人思维的本质。在某个特定的时期，一个热爱读书的平凡英国人怎样理解"悲剧的"、"喜剧的"、"英雄的"、"三一律"、"诙谐"、"品位"、"幽默"、"自然"这些词呢？历史学家在大量的随意表达中寻找答案，其中每一种表达都带有时代和种族的痕迹。英国人依据他自身所处的时代和环境，来界定欧洲批评所运用的术语和原则，英国民族的性格特征就在这样的文艺评论集中得到展现。

"随笔"产生的历史

如今，我们不管随笔与评论之间的关系如何，力求准确地搞明白"随笔"（essay）这个词的意思是什么。英文里这个词更古老的形式是"assay"，也就是实验或试验。它来源于晚期的拉丁文单词"exagjum"，意思是标准重量，或者说，是称重的动作。单词"examine"来源于同一个拉丁文词根。根据《世纪词典》（*Century Dictionary*）的界定，"essay"的意思包括：1. 试验、努力或尝试；2. 实验性的测试或检验；3. 对金属的化验或测试；在文学上，涉及一定主题的随笔，一般比专题论文要短，也没有规则，更不精致。塞缪尔·约翰逊博士就是他生活那个时代非常著名的随笔作家之一，他在自己的世界里认为"essay"是"头脑的一次轻松突围；不规则的杂乱文章；既不正规、亦无条理"。大概，正是约翰逊博士对这个含义颇多的单词进行的"突围"给了后来的作家扎布里斯基先生以启发，促使他得出了下面这个很有水平的界定："严格来说，随笔就是一些收集起来的笔记，揭示了一个主题的某些方面，或表明了有关它的某些想法……它不是一次正式的突围，而是针对这一主题的一系列的突围、尝试或努力。"正是这个原因，扎布里斯基先生把随笔作家称为文学的短途旅行者，文学的垂钓者，是沉思者而非思想者。他指出，由于德国人不满足于只突袭一个主题，不满足于只是到此一游，所以，德国人的思维不适合随笔。他们总是要从始到终把一个主题研究明白，离开这个领域时它已经完全被征服了。

最早的现代随笔作家

现代随笔的第一人蒙田认为随笔在本质上属于自传。他直言，他写作"不是为了发现事物，而是为了裸露自我"。他说过，随笔理应是自发的，摆脱一切人为的束缚。它应该有推心置腹、主题多样、范围宽泛的谈话特点。"我对着纸在陈述，就如同对着我碰到的第一个人诉说一样。"培根勋爵的第一本随笔集在1597年出版，他比蒙田更注重条理。他把素材更紧密地集中在他的主题周围，用充实的语言去述说。他过于一丝不苟了，不可能运用蒙田那种稳重地、个性化的手法。他冷静地、仿佛是没有感情地讲述他精炼的处世哲学，并且喜欢颇有深意的开头和结尾。他说："要写得如同论文一样，对作者而言需要时间，对读者而言需要有闲，这就是我之所以选择写一些简短笔记的原因，我把它们称之为随笔。这个词最近才有，然而这种表达方式早已经有了。盖因塞涅卡写给吕西留斯的《书简集》，如果你准确地界定其特点的话，仅仅是随笔而已——或者说，散漫的思考。"最终，就如同蒙田和培根呈现了文艺复兴晚期一样，阿迪生的随笔完整地概括了十八世纪早期，他在强调这一文学形式的非正式品格时一丝不苟："一旦我选择了一个不可以用别的方式来处理的主题时，我就把我对这一主题的想法统统聚拢到一起，没有任何规则和秩序，这样一来，它们可能更多地呈现出一篇松散和自由的随笔，而非一篇规整的论文。"

早期的随笔

毋庸置疑，"此物古已有之"。和现代随笔有着相似的风格，还有它优雅、自由、灵活的讨论方法。在柏拉图的《对话录》中，在普鲁塔克的《名人传》中，在西塞罗、贺拉斯和小普林尼的书信里，在奥卢斯·格利乌斯的《阿提卡之夜》（*Attic Nights*）中，在埃皮克提图的谈话录中，在马可·奥勒留的《沉思录》中，都能发现。太阳底下都是一些稀松平常之事，一些希腊和罗马的绅士，完全可以和蒙田一样，写得轻松、坦率、独特，同时还充满疑虑的开明态度。虽然他们总是表现出现代随笔作家的精神，但他们还是不断地探索着适合的文学形式。蒙田的卓越成就，就是在对一系列，近百个已定主题的"突围"、"进攻"和"尝试"中下了一个赌注，并最终幸运地获得了成功——这样看来，他的创作就成为文学上所有小型的战斗树立了典范。假如没有他的示范，兰姆、爱默生和史蒂文森的那些随笔或许不会存在。

文艺复兴对随笔的影响

毋庸置疑，文艺复兴本身催生了蒙田的整个理论和实践。这次人类思维的"再生"，这次知识和生命的能量的重新焕发，关涉到看待世界的新视角。都会、帝国和封建制度显然在江河日下；新的民族，新的语言，都要仔细看待；新的大陆得以开拓；新的创造改变了平常生活的样子；新的智力自信、研究和批评，取代了中世纪对权威的顺从。现实世界正在发生变化，内在的世界同样也在变化。对于个人的能力、建议、经验和品位，都持普遍的好奇态度。整个"起伏不定、瞬息万变的"事物发展是随笔作者心境的直接反映。反之，从其松散、模糊不清的和宽泛的角度来看，随笔的形式非常适合于这一时期的精神。

书与随笔

文艺复兴时期的随笔，致力于随性地研究古典世界和中世纪世界的片断。像泰勒的《中世纪的古典遗产》（*The Classical Heritage of the Middle Ages*）和《中世纪的思维》（*The Mediaeval Mind*）、（*The Italian Renaissance in England*）、西德尼·李爵士的《法国文艺复兴在英格兰》（*The French Renaissance in England*）、斯平加恩的《文艺复兴时期的文学批评》（*The Literary Criticism in the Renaissance*）以及森茨伯里的《文学批评史》（*The History of Criticism*）诸如此类的一些现代著作，以丰富翔实素材，把文艺复兴时期的随笔作家对历史知识的深度与广度的掌握呈现在我们面前。卡克斯顿为古典和中世纪著作撰写的那些淳朴的《序跋集》（*Prologues and Epilogues*），菲利普·西德尼爵士那篇孔武有力的《诗辩》（*Defense of Poesy*），以及爱德蒙·斯宾塞那篇向沃尔特·罗利爵士说明《仙后》（*The Faerie Oueene*）写作目的的文章，都充分说明了典型的英国人对以前充满幻想的生活态度。格里高利·史密斯编缉的《伊丽莎白时期批评随笔集》（*Elizabethan Critical Essays*）提供了一份很全面的十六世纪英格兰从欧洲那里借鉴的批评观念。以后的三百年时间里，英国批评随笔的演变，主要是这些观念在智慧力量和不同的社会和文学环境的不断冲击下，延续、更新或变化的故事。

随笔对生活兴趣的表达

另一种随笔，起源于文艺复兴时期，是蒙田的最爱，它最主要的特征不是关于书，而是关于生活本身。新的文化，新奇的智性力量，即刻改变了有关人的责任和命运的公众理论。对于这些问题，蒙田并不会立即得出结论，他仅仅提出问题，提示某些可能的答案。极具思辨性的随笔，哲学和科学随笔，社会随笔，全都在一种觉醒了的兴趣中找到了它们的丰富素质。十六世纪，人们兴致盎然、津津有味地探讨他们能够看到的所有话题，这种热情和兴趣仍旧是令人难以忘记的随笔中非常重要的部分。一个人也许满腹悲伤、一脸严肃地开始撰写他的正式论文，然而，极具天赋的随笔作家，虽然他明确地知道，他对那片未征服区域的袭击一定只是一系列突围和撤退，然而他依然兴致满满地发动袭击。如同兰姆和史蒂文森一样，他们并非传教士，却在布道；如同赫胥黎和廷德尔一样，当他们描述某一事物的时候，他们只是计划告诉人们一点什么。这种对生活充满兴趣的天赋，是可以表达并有感染力的。

自传性的随笔

还有第三种随笔，根植于文艺复兴时期对个人主义的重视，并体现在蒙田、阿迪生、哈兹利特、德昆西、爱默生、梭罗和另外上百人的文字中。这就是自传性质的、"以自我为本位"的随笔——在这样的随笔中，几乎没有自我的高傲，只有不厌其烦地对自己的好奇，以及完全自愿地公开讨论这个问题。假如你喜欢那种喋喋不休的人，那这种随笔便是最令你快乐的了。然而它如同抒情诗（最具个性化的诗歌形式）一样，往往总是暴露太多。当在坦承己见和骄傲自大之间达到绝佳的平衡时，或者如同爱默生一样，当你完全娴雅而有自知的时候，表明自我内心的随笔就可以证明它的合理性。其实，有些批评家曾经说过，随笔的基本特征包括主观性和抒情性。所以，A.C. 布拉德利教授认为："简短、质朴和单一的表述，强大的个性，主观的魅力，主题和处理的恰当范围、通过排斥所有躁动的心绪和狂热的激情而形成的秩序之美——这些都直接源于抒情成分的内在优势，而且，这些都是随笔常见的特征。"

也许，我们可以进一步说，上面提到的几种类型的随笔在文艺复兴时期全都表现出强烈的民族主义的色彩。法国的文学批评，在十六世纪就如同在十九世纪一样，十分法国化。英国的文学批评，在德莱顿和阿诺德那里，极其英国化；弥尔顿的短文和塞缪尔·约翰逊的《诗人传》（*Lives of the Poets*）中的道德说教，梭罗谈论"散步"的随笔和洛厄尔谈论"民主"的随笔中的个人自信，带有明显的英国味和美国味。在随笔中，就像在别的地方一样，出身会透露一切。

作为历史文献的随笔

其实，通过《哈佛经典》可以进行的最吸引人的研究之一，就是探究不同历史时期不同民族的性情气质。仅举十八世纪英国的随笔作家的例子，这里收录了一些被赋予了不同天资但经历都很丰富的人的经典语录，例如阿迪生和斯威夫特，斯蒂尔和笛福，西德尼和塞缪尔·约翰逊，休谟和伯克。然而，研究十八世纪的学者，不论他正在研读的是休谟或伯克的"品位"，是约翰逊表明他那部优秀词典的计划，是笛福为摆脱非国教徒的世界而设计的具有讽刺意味的方案，还是阿迪生在威斯敏斯特教堂那斯文而感慨的深思，他都会注意到，在不同的风格和个人思想的相比之下，存在着非常明显的种族、民族和时代的痕迹。所以，这些随笔是十分重要的历史文献。读着它们，你可以深入地理解马尔伯勒和沃尔浦尔的英格兰，皮特父子和四位乔治国王的英格兰。就像卡莱尔曾经说过的那样，任何一个世纪都是以往世纪的直系后裔，认真阅读十七、十八和十九世纪的英国随笔，是学习那一时期历史非凡教诲的最佳途径之一。

亚里士多德与批评随笔

尽管这些随笔的读者并没有专门学习过英国史，而且迄今为止，对一个思想流派的继承者关注很少，他也一定会发现，我们所说的"随笔"和更专业的"批评随笔"有一定的差异。"随笔"在一个圆周上绕圈子。它的轨道总是回到自身。你可以说，这样的随笔在蒙田那里已经完成了，从那之后，它就没有任何实质性的进展。我们只有一系列的随笔作家，完全根据蒙田的形式去做，当然其中不乏个性化的形式，使得批评随笔不断地进步。当理论的风向发生改变、思维的潮水在起伏变化的时候，它也必须依照风头改变航向，然而它一直在航行，只是随波逐流罢了。拿希腊人最为熟知的批评随笔、亚里士多德的《诗学》（*Poetics*）来说，它做出了这样的努力：力求建立美学批评的某些基本规范，比如史诗的规则和悲剧的性质。它分析了当时一些文学艺术作品的结构，检验了诗歌和戏剧在读者和观众的心中所产生的心理学影响，并制定了一些严密的规则来指导诗人。它与其说是一篇论文，不如说是一篇随笔，然而它绝不是蒙田（如果他是个希腊人的话）所写的那种随笔。它不是个人的、独立的、科学的。它的内容比较符合逻辑，它的洞察力比较敏锐，它是文学批评的典范。

亚里士多德的"规则"，虽然是建立在他所处的时代的人性和文学品格的基础上，然而赢得了文艺复兴时期人们的尊重，是当之无愧的。只是当人们尝试着机械而僵化地把它们应用于跟亚里士多德所熟悉的诗歌的时候，问题就来了。但是，正是在这种混乱和重新调整中，我们所说的"批评随笔"产生了。亚里士多德把"真理"作为他的追求目标。这样的真理，忠实于身体和心理的事实，忠实于美的规范（同时也是思维法则）。当文艺复兴时期的法国和英国新古典主义时代的批评家们面对新的事实、认真地试图调整亚里士多德的规则以适应塔索、莎士比亚和莫里哀等人的作品时，他们却把事情弄得很糟。他们尝试着同时坚持"古人的北极星"和"现代人当中法国戏剧的规则"，当代事实纷繁复杂自不必说了。这是一条非常难走的路线，批评随笔的历史虽然有多种多样的或勇敢或驾驶技术，然而，真理的灯塔一直就在那里，没有一个航海者成功地打败它，可是它对于批评随笔作家而言是足够的奖赏，只要他一直在不断地前进。

批评的传统与随笔

批评随笔的写作者注意到，他的航线，是他所承担的任务的性质决定的。单纯的随笔作家，就像我们之前看到的那样，可以绕弯子航行，从想象开始，也从想象结束。然而，把随笔作为批评手段来运用的人，则不得不使用航海图和罗盘，一定要从规定的起点出发，驶向一个确切的终点。假如他对前辈们的辛劳一无所知，不知道批评的目的与方法，他就不能从事批评。比如说，假如他在写有关诗歌理论的批评随笔，他就不希望停笔的时候问题仍旧没有解决。他渴望竭尽所能，对人类知识的这一分支做出自己的贡献。然而，对于这场古老的讨论，在他参与进来的时候到底已经走出了多远，如果他没有一个基本清晰的概念，他就不可能成功。当贺拉斯撰写那篇立意别致的诗体随笔，谈论诗人的技艺时，他没有模仿希腊理论家的规则。毕竟他在希腊上过大学，受过教育，当他写作的时候，那些老教授的魂灵就在一旁悄悄地看着他。许多年以后，当意大利人韦达和法国人波瓦洛开始撰写诗体随笔时，这位聪明的罗马人握住了他们手里的笔。西德尼和雷莱在创作他们雄浑有力的《诗辩》时，可能并没有明确地意识到，他们是在继续那场希腊人开始的、文艺复兴时期再次兴起的关于诗歌理论的讨论。但是，他们还是认同诗歌形式的信仰是文学批评过程中必要的环节。华兹华斯、柯勒律治和沃尔特·惠特曼的序言也是这样，他们都是理论和实践领域的革新者。

批评的类型

在各种努力当中，三个批评的趋势出现了。它们往往被称作"裁决性的"、"诠释性的"和"印象性的"。这些批评趋势之间的理论区别相当清晰。"裁决性"批评判断既定事实。它主要涉及规则和批评的"规范"，它的评价有可能是专制的。它不留情面地说（借杰弗里之口），华兹华斯的《远足》"不行"，他的《莱斯顿的白鹿》是"我们所见过的、印在四开本书里的最不好的诗歌"。它宣布（借丘顿·科林斯之口）："对文学来说，批评就是法律和政府所要表达的意思。"另一方面，"诠释性"批评的目标，更多的并非评判一篇具体的作品，而是要解释它。它找寻并确立正确的文本；它澄清那些对于理解作品来说所依据的传记事实和历史事实；它发现而且揭示作品的意义和美；它指出文学作品的道德意义和社会意义。毋庸置疑，解释一部作品往往就是对它作出判断。因为，假如你论证了某部作品是下流的，那就是宣布这是一部下流之作的最好的方式。但是，"诠释性"或"欣赏性"批评家的关注点在于解释性的，他更倾向于让读者依据他所做的解释，得出自己最后的判断。他把重要的事实摆在陪审团面前，然后，他的任务就完成了。圣伯夫是这类批评的大师，就好像杰弗里是裁判型批评大师一样。最终，"印象性的"批评家不太强调标准。他把"普遍考量"和"大部分人的共识"留给他的竞争对手们。他关注是文本批评，对原则的考量使他觉得太过"科学"，在他眼中，搜集大量的传记和历史材料应该是历史学家的任务，而非批评家干的工作。他磊落地经营自己的"印象"，他的个人喜好和他的心理在伟大作品面前的经历。他把自己的感受和心境翻译出来，有很多是从作品的艺术中和大自然中获取的语言符号。他的竞争对手可能会认为他是一个喜好突发奇想的人，而不是一个有品位的人。然而他们无法反驳他，由于对于美的感受，每个人的反应是不同的，因此谁也不知道其他人的感受是怎样的。我们不得不相信他的话，除此之外，批评的语言总是有一种优美细腻的儒雅和清新，这使得其他的文学批评乍一看上去颇有冷漠、拘泥于形式的卖弄之感。

不同类型批评的融合

每一个人，只要读过现代批评大师的诸多作品，他都会注意到：所有这三种趋势经常以同一个名字、甚至在同一篇随笔中出现。一些著名的"印象派批评家"，比如兰姆、史蒂文森、勒梅特和阿纳托尔·法朗士，他们所运用的"标准"远比他们此刻主观上认可的多得多。他们很巧妙地运用批评的各种形式，是由于他们同样知道基本的原则。史蒂文森在他论述"风格"的随笔中使用过"科学的"批评，在他论述佩皮斯的随笔中曾用过"历史的"批评。杰弗里常常用圣伯夫的那种诠释方法来进行"民族性格"批评文章的撰写。科勒律治和爱默生，阿诺德和罗斯金，都是那么多才多艺的人，他们不可能把自己的文学随笔局限于某一种类型的批评。

就像我们之前努力证实的，实践中的折中主义，能够在随笔自身中找到其合理性。它是所有散文形式中最灵活多变、最具个性化的。但是，从它最初接触到批评理论的那时起，它就必须仔细考量种族历史上发展出来的不同的评判规范。之后它通常会变成"历史的"、"科学的"、"诠释的"、"裁决的"，就像我们之前说过的，它要依靠航海方向航行，而非由着个人喜好随意地绕弯子。就是在"随笔"与"批评随笔"的这一关系中，我们注意到了随笔写作的文学意义和社会意义。它在满足了个性需求的同时，也实现了社会功能。作为个体的读者，为了寻求愉快、刺激、抚慰而转向随笔作家。西塞罗、蒙田和梭罗会和他谈论友谊、书籍和行为，在随笔作家的身上，就像在抒情诗人身上一样，会找到了他自己的心情、品位和各种感受。在他们当中，就如同置身于艺术中，他深切地体会到了生活的丰满和幸福。至于整个社会，随笔作家建立了判断的标准。这些标准并不是个人的，具有稳定性。确实，文明在进步，随着世界各个种族在不同历史时期性情气质的变化，它们也会有所变化。然而不论对哪一代人而言，"标准"总是存在的。从起点到终点，构成了那一代人的审美活动和智力活动。扩大与缩小，研究人类，进而研究作为个体的人们，之后是一系列的常态化，接下来便是另一系列观念在生活中的具体应用——这就是文化的历史。虽然"随笔"时常维护所有精神的自由，然而"批评随笔"仍然以同样坚定的态度肯定并捍卫权威的主张。毋庸置疑，一代人认为，文学上的小型斗争必须站在自由的阵营上，但是下代人则觉得应该团结到维护规则的旗帜之下。至于我们这一代美国人需要的是通过阅读那些尊重文学标准、维护规则的随笔作家的作品而有所收获。

以随笔形态出现的诗歌理论

布利斯·佩里①

我们通过研究随笔的文学形式或品质已经发现，我们不可以奢求随笔作家写出长篇大论，他们所做的，多是对其主题的某些方面做出自由的暗示性探讨。完全彻底地探讨诗歌的一般主题，细致地阐述它的性质，它的美学和社会意义，还有它的技巧，那是一项完全不同的内容。然而，有几个诗人在不同时期透露过这种技艺的某些内幕，或者他们对这一技艺的欣赏。我们可以了解从伊丽莎白时代到维多利亚时代前后八位英美诗人的随笔，他们是：西德尼、德莱顿、华兹华斯、科勒律治、雪莱、爱伦·坡、惠特曼和阿诺德。这些人其中的四个，即德莱顿、科勒律治、爱伦·坡和阿诺德，是被公众认可的一般文学批评的高手；而西德尼、雪莱、华兹华斯和惠特曼对于他们自己的诗歌艺术，也做出了一些最有说服力、最有

---

① 布利斯·佩里（1860—1954），美国学者和编辑家，1907—1930 年执教于哈佛大学。主要著作有《沃尔特·惠特曼，其生平与作品》（*Walt Whitman*，*His Life and Work*，1906）、《美国精神》（*The American Mind*，1912）、《文学中的美国精神》（*The American Spirit in Literature*，1920）和《诗歌研究》（*A Study of Poetry*，1920）等。

真实性的评价。

菲利普·西德尼爵士

　　如同雪莱的同名作品一样，西德尼的《诗辩》也是为了回应一次抨击，然而诗人既不是非常愤怒，也不认为他的对手能给他造成伤害。雪莱的竞争者是他的朋友皮科克所写的幽默庸俗的随笔。西德尼则是间接地回应一位清教徒伙伴戈森，他的《荒诞派》（*The School of Abuse*，1579）抨击了古代诗歌与当代戏剧演出的道德局限。但是，西德尼"为可怜的诗歌所做的可怜辩护"，并非以一种狭隘的争论精神，而是用一种热情的语调撰写的。他除了用足够的常识来完成他的任务，还有对柏拉图和亚里士多德的诗学的认识和对意大利和法国人文主义批评家的精通。他对荷马和维吉尔，贺拉斯和奥维德也很了解，然而他并没有因为这个而贬低"珀西和道格拉斯的古老歌谣"。西德尼的高贵的音调和优美的措辞，就如同他的思想一样清醒。在一个接一个绵密的文字，他赞美诗人是导师和创造者，将诗歌与历史和哲学进行比较发现，如同亚里士多德在他之前所发现的一样，相比两者诗歌更加高贵。他探讨了不同类型的诗歌，考察了它们感动读者的能力。继而，在恰当地斥责了反对诗歌的流行之后，他如同一个真正的英国人一样，转向了本民族的诗歌，当时正值英国诗歌辉煌的时期，虽然西德尼没有预见到它的发展。比如，他斥责那种悲喜剧，"既不是合格的悲剧，也不是合格的喜剧"。如今这一观点被认为是不可取的，就如同西德尼的另一个想法一样：韵律对诗歌而言并不是不可或缺。但是每一个喜爱西德尼的人，都不可能以不同的观点跟他争辩。三百多年来，他的随笔有力验证了自己属于他所推崇的美的艺术，具有教益和愉悦的意义。

作为批评家的德莱顿

在西德尼英年早逝一百年以后，约翰·德莱顿成为英国的文学批评之王。他没有以王者自居：他"遥遵法度"。他充满了矛盾，反映了同时代不断变化的品位，在古典主义与浪漫主义之间折返，他总是随意地改变自己的观点，一直有可读性并保留着个性化，在最大程度上一直是"印象性的"，就好像克尔教授所说的那样，一直是"怀疑的、试验的、散漫的"。他初期的随笔《论戏剧诗》（*Of Dramatic Poesy*）洋溢着对莎士比亚和罗曼史的热情。后来，他变成教条主义者，主旨是"要让我所生活的时代快乐"同时论证这个时代广受欢迎的新古典主义品位是正确的。然而没过多长时间，他又转回到了"无与伦比的莎士比亚"，赞美朗吉努斯，不考虑押韵。接下来的那段时间，他变成了理性主义者，赞扬"较好的判断力"和"得体"。在他生命的晚期，他又对虚构文学投入热情；他翻译了尤维纳利斯和维吉尔，把乔叟现代化了；他"迷失在对维吉尔的赞美中"，虽然从他心底里他"更喜欢荷马"。就是在他作为批评家的最后时期，他写出了那篇著名的关于颂扬乔叟的作品，收录在《哈佛经典》中。这是随笔的巅峰之作。就像他在提到那位前辈诗人时惊叹的那样："这里有上帝的赐予"。在乔叟那里，他找到了与自己志趣相投的朋友。的确，德莱顿并没有透彻理解乔叟的诗，要不然他绝不会知道它"不和谐"，但是他做出了尽可能多的补偿，因为他知道"乔叟的诗里有一种纯真的苏格兰情调的芳香，它是自然的、令人愉悦的，虽然不完美"。在他更早的《为英雄史诗辩护》（*Apolo-*

gy for Heroic Poetry，1677）中，德莱顿极力颂扬"已故的《失乐园》的作者"，他认为弥尔顿的名篇是"我们这个时代和我们这个民族最高贵、最伟大、最卓越的诗篇之一"。

华兹华斯与科勒律治

简单来说，德莱顿最优秀的批评随笔使你必须同意他的断言："诗人自己是最合适的批评家，虽然我并不赞同他是唯一的批评家。"华兹华斯和科勒律治的批评作品使我们坚信这个观点。就天赋来说，科勒律治是最优秀的文学批评家之一，他散漫而凌乱。然而，当这两个人把他们的最高水平集中在为浪漫主义的诗歌进行诠释和辩护时，他们就创作出了后来影响整个英国文学发展的文学批评。例如，科勒律治的讲稿《诗歌或艺术》（*Poesy or Art*）闪耀着深刻敏锐的光芒，展示出一个批评家的天资：艺术"是人性化自然的能量"，"激情本身就在仿效规律"，"美是外在的美与生命力的结合"，"为艺术作品选择的主题应该是真正可以在艺术的范围之内表现的主题"。华兹华斯为他具有划时代意义的初期诗歌撰写的"序言"可以和科勒律治在《文学传记》（*Biographia Literaria*）中的注释联系起来读，同时思考这两个年轻诗人在创作《抒情歌谣集》（*Lyrical Ballads*）时的分工合作。科勒律治计划把超自然事物处理得仿佛它们真实存在一样。华兹华斯希望在自然对象中发现有创新的内容，亦即日常生活中的浪漫传奇。这两种方法自然融为一体了。华兹华斯多次阐述他的构想，提出他使用了"中下层阶级当中所使用的语言"，就是一个诗歌用语的问题。继而，他又指出遵守于"我们天性的主要法则"的必要性，争论"兴奋状态下意识与联想"的美学问

题。最终，他强调用语应该"选择人们正常使用的语言"。并且，诗
人所处理的事件和情感应该有"一定的想象色彩"，从而对自己最初
的看法作了修正。类似的文学批评，假如一同仔细研究华兹华斯在
自己的理论修订之后，在其诗歌文本中表现出的文字变化，是最有
收获的，也是最有吸引力的。

雪　莱

在雪莱的《诗辩》（1821）中，一直能够看到科勒律治的影子。
雪莱有着跟西德尼一样昂扬的斗志，弛马冲进了竞技场，为了打垮
功利主义者的进攻，他与西德尼、德莱顿和阿诺德不同，对文学批
评史并不很熟悉。他受柏拉图的影响很深，然而他是带着一种个性
化的新观点来写作。对他而言，诗歌主要是表达想象力："它把人身
上的神的圣灵从堕落中救赎出来"；"它记录的是心灵最美好、最幸
福的瞬间"；"一首诗就是生命在永恒真理中的表达"；诗歌以"一种
神性的、然而没有被理解的方式发挥作用，超越于意识之上"；"诗
人参与了永恒、无限和唯一"。虽然研究诗歌理论的学者都知道，像
这样一些话一般都是后科勒律治时代的，然而他们事实上是不受时
代影响的，就如同雪莱本人的光辉精神一样。

埃德加·爱伦·坡

爱伦·坡的随笔《诗歌原理》（*The Poetic Principle*）作于他短
暂一生中的最后一年（1849）是一篇讲稿，表达了他的信念："真正

有想象力的头脑一定是分析性的。"假如用在雪莱身上，这句话绝不能说是对的，然而它展现了爱伦·坡对他本身在逻辑分析上的卓越天赋和理想化。他是一个孜孜不倦地表达行业秘密的有技艺的人，虽然他的批评在质量上优劣俱在，不符合精确而高深的学术标准，然而他相当清晰地解释了某些重要规范。

在《诗歌原理》中，对科勒律治有些通俗化，在某种程度上属于"篡改"的某种混合物，他发现一个有名的概念："文字的诗歌就是有韵律地创造美。"就像爱伦·坡说的那样，诗歌通过提升精神而使人振奋。然而，根据心理学的原理，所有振奋都是短时间的，只有诗歌才是真正的。对这种不寻常的短暂动人的美而不经意的一瞥，就是"非凡之美的创造"，恰是诗人的挣扎，以及绝望。假如，爱伦·坡对诗歌的目的和方式所做的解释缺乏一般有效性的话，那么，对于欣赏他自己的那些韵律优美的抒情诗片段来说，这一诠释仍旧是一个关键。

惠特曼论美国和诗歌

如同爱伦·坡和科勒律治一样，在诗歌理论上，沃尔特·惠特曼也是颇具神秘主义和超验主义色彩的。与他们不同的是，在诗歌实践中，他是一个当之无愧的反叛者。《草叶集》（*Leaves of Grass*，1855）的序言不仅是一篇批评随笔，更是一篇宣言。它是大声呐喊的、激情澎湃的、时断时续的。后来它的有些段落就成了诗，表现出丰富的感情。美国当时这个时代给诗人提供了创作诗歌所需的主题。以往时代有其合适的诗歌表达，然而民主与科学的新世界现在要求类型丰富的诗人。所要求的资格十分明显：他一定要热爱大自然、热爱动物和人类，他是个能与宇宙万物融为一体的诗人，他的胸怀一定是宽广而能挣脱羁绊，他一定要感受到世间万物的神奇变化。诗人理应是新时代的祭司，是未来所有时代的祭司。在这篇序言中，惠特曼没有探讨他自己那种缺乏韵律的、狂想式的诗歌写作方式。然而这些诗歌，引起了两代人的注意力，并慢慢地获得了一致肯定，假如对这种诗歌的基础理论不了解，就无法理解这种诗歌。序言宣称：理论，假如每个字词都认真分析和推敲，就会使人疑惑，假如仅仅阅读而已，就会充分理解它的"主旨"。

马修·阿诺德

"我比不上沃尔特·惠特曼先生的力量和独创性"，马修·阿诺德在 1866 年写道，然而他确定下面这句警告作为补充："在文学上，几乎没有人可以仅凭一己之力、不利用其他时代和民族已经取得的成就而支撑起整个行业。美国绝不能够以这种方式获得优秀的原创文学，它的知识分子一定同意在很大程度上加入到欧洲的运动中来。"阿诺德自己的随笔《诗歌研究》（*The Study of Poetry*）中提供了最有用的帮手，马上带我们进入了欧洲的这场运动中。这篇随笔是作为一本英语诗集的序言而创作的——"一条对世界诗歌的江河做出了巨大贡献的溪流。"阿诺德用他独特的方式，一直坚持认为一种感受最杰出的、真正优秀的事物的领悟力是必要性。他发现纯历史的和纯个人的评价中所犯的错误。他把大师们的诗句和表达方式作为标准，用来衡量诗歌的品质。他把亚里士多德的诗歌与历史对比所具有的"更高真理"和"更高严肃"所说的话为准绳，以此来检测英国诗人的"古典"问题和方法。

毋庸置疑，阿诺德那种乍一看踏实而熟练的方法中暗藏着一些陷阱，然而我们不需要对他的表现进行赞扬。他沉着而坚定地把我们带回到"欧洲的运动"，让我们始终坚持标准和法则。他还教导我们，生活和艺术有源源不断的资源。"诗歌的未来是无限的"，这是阿诺德随笔中的第一句，这也是一条已经被证实的绝对真理，每一个读者，只要他专心致志地理解诗人关于诗歌的见解，就会明确这一真理。许多年前沃尔特·白芝浩曾写道："有一种很直白的观念，认为诗歌是一种深奥而满足说教的东西，稳妥而明智地提升了人间的事物，即便在现在，对于普通民众头脑来说，这一观念也几乎是未知的。……在我们的周围，某种诗歌的信念始终挣扎着想要挣脱束缚，然而它并没有挣脱。总会有一天，假如触及真实，整个混乱就会如同中了魔法一样马上停止，凌乱的、无形的概念会混合并结成一种明朗而真正的理论。"毋庸置疑，我们一直在等待那句终极真理。即便它被说出来了，那也非常有可能是从一个诗人口中说出的。

德国的美学批评

威廉·吉尔德·霍华德[①]

　　歌德曾说：艺术家要创造美的形式，然而不要单纯谈论美。毫无疑问，任何人不会通过研究"诗歌艺术"而成为诗人。语言是抽象的，但是艺术却是具体的；理解是渐进的，而情感是迅速的；理性能够使之信服，然而感觉不会被说服，品位不可改变。但是，我们明白，品位可以培养，理解不但能使品位变得高雅，还可以增加审美的愉悦。不论是艺术家，还是业余爱好者或哲学家，都应该不断提高这种理解力。

　　雕塑家或画家主要是通过造型和色彩来表达，当他把自己在技艺或理论上的研究成果交给他的"学校"来支配的时候，他就承担了老师的次要职能。有哲学思维的艺术爱好者钟情于思考美的构成，批评家大胆地解释规范，他的评价和分类就是建立在这样一些法则之上。诗歌可能是最古老的艺术，最早臣服于这种美学法则；然而，

---

　　① 威廉·吉尔德·霍华德（1868—1960），语言学家，1920—1927 年成为哈佛德语教授并担任德语系主任。主要著作有《拉奥孔》（*Laokoon* 1910）等。

音乐、舞蹈、雕塑和绘画很快也被纳入了同样的法则之下，长久以来被看作诗歌的同胞姊妹。

美学批评的兴起

从十五—十六世纪学术复兴以来，连续不断的理论评述一直推动艺术实践的发展。文艺复兴时期的人，在他们面前不但有不计其数的希腊雕塑的典范，以及荷马和维吉尔的史诗，而且还有亚里士多德的《诗学》与贺拉斯的《诗艺》（*Art of Poetry*），从古人的这些作品中能够看到人类成就的高度，以不同的方式试图用古代品位的规范来解决当代问题。于是，我们发现，在意大利，以及后来的法国、英国和德国，诸多阐述美学的作者仅仅是慢慢地把自己从一些古代的、被不假思索地认为是权威理论的束缚中解放出来。在亚里士多德那里，所有艺术都被看作是模仿的艺术——并非模仿真正的自然，而是模仿理想的自然，模仿美的自然，就像法国人所说的那样；而且，这一含糊不清、难以捉摸的观念往往没有留下任何富有启发性的界定。相同的是，依据西摩尼得斯的观点，画是无声的诗，诗是有声的画，而且一直重复贺拉斯那句被人误解的短语"如诗如画"。

之后的发展是，同化几种艺术，大多数评论不能透过现象深入本质。艺术家精确比例，并设计出技术过程的复杂规则。精于诗学的作者探讨语言词汇的修辞方法，然而在论述绘画和诗歌的专著中，三个"部分"——创意、结构和色彩——遵循了传统的划分。智慧和勤奋仿佛足够了，即便比不上古代的天才，但也可以沿着古人开辟的道路前进。但是，以他们现有的形式主义，大多批评家们坚信，艺术的宗旨就是要唤起情感，要给人教诲，而且还要让人感到快乐。

现在，快乐是一种个人反应。我们或许会问，在一件艺术作品中，是什么让我们愉悦，或者问，有什么东西使我们能够感受到审美愉悦？现代理论所取得的进步超越了文艺复兴时期所达到的高度，这就是对第二个问题的回答。也就是说，我们的理论或研究是建立在心理学的基础之上的。

莱 辛

在莱辛的《拉奥孔》（*Laocoon*）中，作者在绘画与诗歌之间画出了一条非常明显的界线，看上去好像是用这两种艺术最客观的方面来衡量它们。并且更关注艺术表达的手段，而不是实质或目的。莱辛认为，假如绘画最适合表达静止的物体，而诗歌最适合表达动态行为。因此，要是走极端，力求在绘画中描述行动、在诗歌中表现静物，都是与绘画和诗歌的一般表达手法不符的。我们不应该忽视，莱辛为这一严格规范所设置的界线，也应该注意，这部计划中的专著，他只出版了其中的第一部分。他认为，绘画和诗歌的效果都是由于想象力。然而，他的本意是要通过艺术手法的差异建立确切的界线。他的《拉奥孔》是一部理性主义著作，它的基础是建立在对外部事实的认知和观察，并非是对内在反应的研究。

伯 克

在美学评论领域，莱辛的诸多前辈当中有两个人说并非哲学家，然而由于他们着眼于个人现象而倍受瞩目，而莱辛在这方面并没有研究很多。这两个前辈就是法国的杜博斯和英国的爱德蒙·伯克。杜博斯认为艺术的差别在于它们的表达方式，然而他根据它们对人的情绪的影响来比较和评判不同的艺术，这就为纯印象主义批评打下了基础。伯克不赞同这位法国人的观点，他也没有用任何方式来模仿杜博斯的著作。然而，他大体上赞同杜博斯对审美根源作用的观点，并且，就好像杜博斯在头脑需要得到刺激这一渴望中看到了艺术的动机一样，伯克在我们最强烈的两种感情——爱与恐惧——中找到了努力探究艺术的主旨：美与崇高。伯克并不随意被绘画所打动。他认为，这门艺术对我们的激情影响不大。然而他对诗歌很敏感，并认为它的影响不需要唤起可感知形象的力量，它可以凭借一种朦胧的崇高感引发激情，严格来说，它不是一种模仿的艺术。

鲍姆加登

虽然，得出结论的过程不同，然而伯克关于诗歌职能的结论，从他的消极的方面来看，跟莱辛有同样的看法：语言不适合以详细的叙述来生动地表现对象。美学研究，作为哲学的分支来说，伯克的《关于崇高与美的观念之起源的哲学探讨》（*A Philosophical Inquiry into the Origin of Our Ideas of the Sublime and Beautiful*）是一部优秀的著作。但是，这一学科真正的创立者是亚历山大·戈特利布·鲍姆加登，他是一位德国哲学家，与伯克处于同一时代，是他创造了美学研究这个学术名词。

鲍姆加登坚持莱布尼茨和沃尔夫的一元论体系，是个思维清晰的思想者和诗歌热爱者，然而并非造型艺术的鉴赏家，他开始填补前辈们在感觉的逻辑中所留下的缺陷。他关于美的理论是通俗的，他把美界定为感官认知的，然而却坚信这样一句格言："如画，如诗"。在他的理论中，他把诗歌看作典型艺术，并没有走多远，如同伯克一样，认为它比绘画的层次要高。他认为诗歌是完美的、激发人们美好的言说。弥尔顿认为诗歌比散文更简单，更能激发美感，更富有激情。并且，对于诗歌定义的那种完美，是客体与精神层面之间的一种融洽的关系，思维能够感受到它，特别是，感官使我们能意识到它，对它的清晰留下深刻的印象。所以，一首诗之所以是一首诗，并不是由于任何"模仿"的精确性，而是因为其崇高的观念；不是因为其形式的优雅，而是因为具有很强的感染力，这种感染力通过人与环境的交融做出直接的反应；换句话说，是能够直观地感知到的真实。

席　勒

鲍姆加登的学说被莱辛的朋友门德尔松所认同，它为《拉奥孔》提供了一些基本假设，而且一直坚持到了康德和席勒的时代。作为分析家和理性主义者的康德，习惯于把理性、感觉和道德三者分开，认为这三者是主观判断。然而他的弟子席勒，虽然钟情于道德，但努力为美的理论寻找一个客观的理由，使美学成为科学与伦理学之间的过渡者，让美得到理性的头脑、心灵和意志的认可。与莱辛一样，席勒假设美学教育是这样一个过程：使人摆脱思想的束缚，引导他通过对文化的认知，达到完美的自然状态，在这种状态下，就如同在古希腊人当中，真与善理应披上美的外衣。文明是通过即劳动分工达到的，它于社会而言是一种收益，然而个人生活的和谐发展可能会有一些损失。美需要平衡。即便在现实世界中这种平衡不能够实现。在这种状态下，人可以自由地追求美的形象，并给予一切知识财富和善——并非为了不可公开的目的，而是为了服从一种本能的冲动。所以，诗人是唯一的和谐完美的现代代表，以他需要的智慧、感觉和道德来帮助理想实现。

批评的写作

欧内斯特·伯恩鲍姆[①]

在前面还没有探讨的批评随笔当中，非常重要的是雨果、圣伯夫、勒南、泰纳和马志尼的文章。这不但由于它们涵盖了有关文学的重要学说，更主要是它们自身就是文学作品。它们既让我们收获颇丰，也给我们带来乐趣。是它们的艺术构成，跟报刊书评和学术研究区别开来。那么，它们的艺术效果是怎样产生的呢？

占主导地位的观念

圣伯夫引用了一部作品的标题说明了文学批评不应该是什么，如下："米歇尔·德·蒙田，一组还没有被编辑的、很少有人知道的

---

① 欧内斯特·伯恩鲍姆（1879—1958），1907—1916 年在哈佛大学教授英国文学。主要作品有《敏感的戏剧》（*The Drama of Sensibility*，1915）、《18 世纪的英国诗人》（*English Poets of the Eighteenth Century*，1918）和《美国历史上朝圣者的地方》（*The Place of the Pilgrims in American History*，1921）等。

事实收集，关于《随笔集》的作者，他的这本书及其作品，涉及他的家庭、他的朋友、他的崇拜者和诋毁者"。圣伯夫、泰纳及其他学者从来没有为我们呈现过一本"收集"。他们把自己掌握的诸多事实整理成一套系统，用明确的思想来统领它们，不论这一思想多么复杂，都是条理清晰的。我们大多数人在熟读一位作者的作品之后，产生一大堆混乱的印象。然而，在一个真正的文学批评家的思想里，混乱会变得有序。勒南在他的《凯尔特人的诗歌》（*Poetry of the Celtic Races*）中，"让那些消失的种族重新发出声音"，让我们听到的不是不一致的议论，而是通俗易懂的、统一的民族诉说——悲伤、温柔而富于想象力。雨果在他的《〈克伦威尔〉序》中，探讨了非常复杂的浪漫主义运动，从中发现了荒诞与崇高的和谐统一。圣伯夫以简洁的界定，对"经典是什么"这个抽象的问题进行了回答：一部凭借美和个性化的特征昭示出永恒的真理或情感的作品。马志尼把拜伦刻画成主观个人主义者，而歌德是客观个人主义者。《英国文学史》（*History of English Literature*）的序言中，泰纳用"种族、环境和时代"这几把钥匙，解开了文学发展这个谜团。我们姑且不追究这些学说的真实性。对我们而言，能够用一句话来概括这些长篇随笔中的每一篇，这是最重要的。因为在每篇随笔中，都有一个坚定有力的思想统领并表达着一个观念。

当一个批评家构建其随笔的主要观念时，他仍旧处在模糊不清地表达这一观念的艰难中。他得到越丰富的信息，他也就面临更大的诱惑，而使他表达那些跟他的主导思想不一致的事实。然而，优秀的批评随笔作家往往可以抵挡这样的诱惑，让一切细节服务于整体设计。雨果在构思世界文学的发展框架时，只是选择了那些表现不同时期浪漫主义的部分。圣伯夫和马志尼在对蒙田和拜伦的生平进行文学处理时，只选择了那些可以证明作者观念的事件。

有秩序的组织安排

在组织材料上，同样能够发现有意识的艺术。在泰纳和勒南的随笔中，每一段都是下一个段落不可或缺的基础。勒南在描述了凯尔特人与外界隔绝的生活状态之后，才水到渠成地勾勒出了民族的性格特征，从这里，我们可以毫不费力地在智力上追踪凯尔特文学的各个不同的部分。甚至，泰纳的方法更具逻辑性。他告诉我们，要理解文学的发展，首先必须了解"看得见的人"，继而才是认识"看不见的人"，然后才是决定其性格的种族、环境和时代。最后是这些内容用何种方法安排它们的结果。就这样，我们穿越未知领域前行，既没有从一点跳向另一点，也没有原路返回，我们的向导引导着我们沿着他的路径一步步向前行进。

论　证

始终不变的、清晰论述的观念是每一篇批评随笔的基础，但是，如同所有抽象的概念一样，假如没有持继而生动地举例说明，这些观念看上去就是枯燥乏味的，或是很难理解的。符合逻辑的事物一定要在生动活泼的环境中开花。这一点，就连优秀的批评家有时也忽略，马志尼的作品中有一两个部分，假如更丰富地引用歌德的作品加以论证的话，就会令人更加信服；雨果的作品中，只有几页内容让我们有些扫兴，就是他阐述浪漫主义诗歌的特征但没有给出论证的那些部分。然而这样的失误非常少见。在这些人当中，泰纳是最有智慧、最少情绪化的一个。他恪守给理论的骨架填充血肉这一规则。为了表现他所说的"看得见的人"是什么意思，泰纳清晰地描绘了一个现代诗人、一个十七世纪的戏剧家、一个希腊公民和一首印度史诗。勒南为了表现凯尔特人热爱动物和自然，引用了库尔威奇和奥尔温的故事；为了说清楚凯尔特人的基督教，他描述了圣布兰丹的传说。圣伯夫简练地表达了他对古典主义的界定，而这篇文章其余篇幅给了具体的作者。

这些学者都有合适的天赋。圣伯夫引用了蒙田的"我赞赏一种流动、孤单而寂静的生活"，马志尼引用了歌德的"我允许客体安安静静地对我发挥作用"，以作者自己的话，证实和阐明批评者希望传达的内容。雨果那篇随笔的结尾非常出色，主要是因为他恰当引用和表达了亚里士多德和布瓦洛的观点，这些引用仿佛要说服那些伟大的古典主义者，支持雨果的浪漫主义。

论证不单是来源于文学作品。泰纳始终认为文学作品可以用来改变民族性格，使之变得优美雅致，就像物理学家的灵敏工具。雨果的比喻非常频繁而精致。他写道："如果用隐喻来阐释我们大胆提出的那些观念的话，我们会把初期的抒情诗歌比作一个平静的湖泊，它映照着天上的云朵和闪烁的星星；史诗是从湖泊中淌出的一条溪流，奔涌向前，映衬着两旁的堤岸、森林、田野和城市，一直汇入戏剧的海洋。如同湖泊一样，戏剧映照映着天空；如同河流一样，映衬着两岸的景色；然而唯有它有暴风雨般不可估量的深度。"他笔下的诗人"是一棵树，能够被四面八方的风所吹动，被每一滴露水所滋润，枝头上结满了他的创作的果实，如同古老寓言家的枝头结满了寓言一样。为什么要让自我去依附一个主人呢？或者说，为什么要把一个人移植到一个模式里呢？即使是做一棵荆棘，被养育在与雪松和棕榈的同一片大地里，也要高贵树木上的真菌或苔藓好"。

马志尼把那些在暴风雨中勇敢翱翔的阿尔卑斯猎鹰和那些在激烈冲突的环境中依然安静的鹳进行对比，从而以此比较拜伦和歌德。一开始勒南便向我们描述了布列塔尼风景的典型画面，阐述了他对凯尔文学的看法，他坚定地构建出了轮廓、幻想和想象，再用生动明亮的色彩来描绘它。

观点的比较与冲突

一篇借助上述方式进行清晰表达的随笔，读起来心旷神怡，然而依旧缺少力量。为了使他能给予一个作者或一篇作品的观点以力量，技艺精湛的批评家常常运用比较来表现其对象的特征。马志尼那篇随笔的闪光点，主要源于它对拜伦和歌德所做的清晰比较。勒南着力突出法国人的《罗兰之歌》与凯尔特人的《佩雷德》之间的差异，以及优雅的伊索尔特与"斯堪的纳维亚的复仇女神谷德伦和克里姆希尔德"之间的不同，进而努力使人们认同他的关于凯尔特文学个性的学说。雨果通过对古人简单质朴的描述，从而使我们进一步确信现代生活的复杂品格。

假如一个批评家不恪守这一原则，我们或许会这样评论他的文章："的确，这些观点明确而使人舒畅，然而它们有何重要性呢？"优秀的批评家不会让我们冷静地无动于衷，有时候他们是一些好战的批评者。就连儒雅的圣伯夫也谴责那些"蒙田信徒"，他认为，这些人并没有领会蒙田的精神。泰纳认为十八世纪的方法并不完善，从而使我们看到了他的方法是新颖和重要的。马志尼责备了拜伦的敌人和误解他的人。雨果特别彰显了一个人的观点与其他人的观点之间的矛盾所产生的刺激性的价值。他把自己的随笔称为"应付古典巨人的投石器与石头"，他使自己的竞争者说出驳斥他的论点，从而给他的作品赋予了戏剧性的斗争精神。所以在那些清晰的基础上赋予了活力的批评随笔，常常给我们的头脑以警醒，使我们振奋。当我们发现它们是如何运用技巧把逻辑、想象和情感交融在一起的时候，我们就可以认识到，把所谓的批评与所谓的创造性文学作品区别开来的做法多么浅薄。伟大的批评的确是创造性的，那么写作就是一门独特的技艺。